La mujer fea y el restaurador de obras

La mujer fea y el restaurador de obras

Ernesto Bondy

www.librosenred.com

Dirección General: Marcelo Perazolo
Imagen de cubierta: FreeImages.com/es/photographer/gmarcelo-47735
Diseño de cubierta: Patricio Olivera

Primera edición en español - Impresión bajo demanda

© LibrosEnRed, 2022
Una marca registrada de Amertown International S.A.

ISBN: 978-1-62915-478-7

… los ingenieros también poseemos la imaginación, la necesidad y el ánimo para comunicarnos a través de hazañas literarias…

… de igual forma, tenemos nuestras inspiraciones a quienes consagrar estas obras, como son María Eugenia, Nicole, Paola y Ernesto Carlo…

(Entrevista con el autor).

Un prólogo especial (1999)

Ante la situación de entumecimiento literario en nuestro medio, iniciarse en escribir una prosa, un cuento o un libro, es un proyecto de una magnitud colosal. Uno no sabe por dónde empezar ni se imagina a dónde va ir a parar, porque la corriente de las cosas, para cualquier escritor principiante, siempre fluye en la dirección contraria al entusiasmo del narrador neófito y muchas veces lo ahoga en trivialidades.

El presente libro contiene una acumulación de anotaciones realizadas por mí persona durante muchos años, cuando observé y escuché tantos hechos que ocurrieron alrededor y les puse pensamiento. Pero hasta ahí todo me vino naturalmente, así como son las cosas, y lo complicado comenzó cuando decidí escribirlas y publicarlas.

La iniciativa que me llevó a escribir estos primeros relatos comenzó por una apuesta, un reto con alguien muy querido, cuando ambos conocimos de un anuncio en el periódico y decidimos poner nuestras ideas en orden para armar un cuento y participar en un concurso literario internacional, del cual ni siquiera me mandaron el acuse de haber recibido mi texto. Después de aquel primer cuento no pude parar de escribir y ahora tengo muchos, por lo que decidí editar este libro al que le llamo "el número uno", para publicarlo antes que termine el siglo que se nos va.

Escribir relatos literarios para una persona como yo es insólito en nuestro medio, principalmente cuando se ha caminado casi toda la vida haciendo oficios muy ajenos al mundo de las letras y uno no es periodista, ni siquiera ex diplomático, sino que acumula un recorrido de cuarto siglo en las ciencias de la ingeniería, y entonces, cuando al fin te decides por la narrativa literaria y escribir un libro hasta los parientes y amigos más cercanos replican asombrados, escépticos por la iniciativa, y todos miran alrededor con una "cierta sonrisa" destruyéndole las ganas a cualquiera. —¿Usted, un libro?— te dicen algunos conocidos, pronunciando un "usted" arrastrado que se escucha "*usteee*", o si no: ¿y desde cuándo vos?, ¿y un libro para qué, ah?

Luego, cuando se logra tener los cuentos redactados se reproducen y reparten entre aquellas personas a quien más quieres impresionar, de quienes se busca una opinión especial, y pasan los días…, y los meses…, y cuando al fin nos cuentan algo sobre el escrito los más querenciosos te dicen que les gustó pero que no tienen ningún comentario, y por su mueca te das cuenta que muchos de ellos ni siquiera los han leído, mientras otros más francos te dicen que no han tenido tiempo, "¡pero mañana sí!", y alguno, el mejor, te comenta que no le gustó el relato porque le pareció sesgado contra los pastores, o contra los imperialistas, o contra lo que sea.

Seguidamente, superando esta modesta revisión, decides hacer tu publicación magistral y para lo cual es necesario una opinión más calificada, entonces encuentras que todos los editores también son escritores y te reciben viéndote con cara de principiante entrometido, que ellos pasan más tiempo escribiendo lo propio y no tienen tiempo de leer lo ajeno, y para obtener una opinión profesional de esta gente si es que algún día te la dan, ya han pasado meses o años de visitas e insistencias para luego comentarte tus errores de novato que nunca creíste tener, para al final agregar de "tiro de gracia" el comentario de que a lo mejor has estado leyendo mucho a "tal o cual" escritor latinoamericano, pero genuino: "nones".

Después de esta iniciación uno quiere que todo mundo conozca tus historias y hay que publicarlas. En esto le agradezco a un par de señores que me publicaron un par de cuentos, pero si quieres hacer un libro mejor trabajas solo porque el tiempo se va y publicar es lo importante, para que tanto trabajo no se quede en borradores y hay que conseguir el "*pisto*" para la impresión, y aunque una vez publicado casi nadie lo lea ya cumpliste el compromiso universal de poner tu ficción a disposición de la gente. Albricias si usted ya tiene mi libro en sus manos, eso quiere decir que yo me saqué el clavo. Y sí que me lo saqué, y a su debido tiempo.

Para que este libro se editara, imprimiera y publicara en el presente siglo (XX), como era mi meta, tuve que escribir mi propio Prólogo —¡imagínense, pero así son mis circunstancias!—, porque de repente o lo hacía yo mismo, lo que podría no ser bien visto por los conservadores, o se me pasaba el siglo y no publicaba nada sino hasta el próximo milenio. Así que decidí mandar al diablo a los clásicos y escribir mi propio prólogo donde me autodefino como un escritor hartamente sincero, amante de toda la imaginación y la fantasía que está asociada a los hechos de nuestra realidad y que vemos en nuestro complejo vivir entre personas tan diferentes. Es realismo quimérico. Escribo sobre las cosas que le ocurren a los humildes o sofisticados compañeros de jornada y sobre nuestras complicaciones culturales de mestizos latinoamericanos, como el realismo fantástico o mágico, tratando de conjugar en un paisaje adecuado las experiencias que compartimos, las historias que nos cuentan y las cosas que nos imaginamos porque no podemos evitarlo (y si todos ustedes creen en el diablo yo también creo en él, aunque yo sea lo más incrédulo del mundo, porque si todos lo ven parado en esa esquina, y yo no, van a decir que soy un pendejo…).

Como nuestra cultura es científicamente tan incompleta y tenemos que complementarnos con mitología y leyendas para explicarnos los sucesos cotidianos, y así disfrutar, como realmente lo hacemos, de nuestro vivir tan especial, entonces, al escribir mis cuentos (incluyendo el prólogo), siento que cumplo con mi cuota de tratar de completar nuestro mundo de ideas para que los demás las utilicen o critiquen, y en ambos casos, tengo la convicción que aporté mi porción literaria esperada.

Para llegar a esta obra, además de mis más profundos instigadores y musas, como son María Eugenia, Nicole, Paola y Ernesto Carlo, a los cuales dedico mi trabajo (prólogo y dedicatoria juntos, algo nuevo), el caballero don Hernán Antonio Bermúdez me dio su precioso tiempo para ver mis relatos y destrozarlos, a la velocidad del rayo, palabra por palabra, y me dijo: «Me gustan mucho, combinan excelentemente lo exagerado con lo real y tienen el grado adecuado de humorismo y sarcasmo entre verdades profundas, como un juego narrativo. Además, narras sobre ciertos temas que la mayoría de nuestros escritores tratan de soslayar, como es el asunto de *"la cuidapadres"* y asimismo tienes el raro mérito de dedicarle un cuento a nuestra Tegucigalpa y sus personajes con tu historia sobre *"El Reloj de El Calvario"*. Así que publica el material sin temor…», pero, por andar de apurado para irse a vivir a un húmedo lugar lejos de aquí, no pudo escribir mi prólogo y como yo también andaba apurado porque se me terminaba el siglo tuve que hacerlo yo mismo.

En esta reedición el prólogo permanece intocable, excepto que en la dedicación también incluyo a mis nietos que todos son personitas de este nuevo siglo XXI y posteriores a "La mujer fea y el restaurador…": Gabriel Ernesto, Antonio Pablo, Marcelo Ignacio, Fiorella, Frederic, Luciana, Valentina y Gael, todos de apellidos Bondy.

Dados los tiempos que vivimos y sus contratiempos, también podríamos añadir en la portada una viñeta que identifique esta reedición como "el primer libro de cuentos reeditado después de la Pandemia" o, más bien, "… después de la primer Cuarentena siglo XXI".

El reloj del calvario

Parte primera: EL FINAL

La pesadilla de la ciudad tenía que terminar de esa manera. Ya era tiempo de que cayese el rayo salvador aquella feliz noche de luna llena. Ni los habitantes, ni los animales, ni la naturaleza podían haber seguido soportando aquel estado de enfrentamiento cultural y atropello tecnológico con los cuales el Alcalde había sometido a la ciudad desde hacía cuarenta días.

El tan mentado rayo cayó en el poblado destruyendo estrepitosamente el reloj de El Calvario. Ya han pasado muchos años desde aquellos sucesos y nadie ha podido explicar claramente, después de tanto tiempo, lo que realmente ocurrió aquella calurosa noche. Unos dijeron que fue un conjuro de Dios para prevenir un terrible castigo. Las damas de la Legión contaron, y siguen creyendo, que fue un exabrupto de la Virgen del Manto, mientras el pastor protestante de la Iglesia de la Gran Conjunción de los Hijos de Lázaro, asegura que fue una manifestación cósmica de su don de exorcizar que le había permitido usar la Tercera Persona. Los borrachos del barrio siguen seguros que lo que pasó fue tan sencillo como que Pedro Pablo, el compañero patero electricista, cuando instaló el reloj digital en la iglesia jamás conectó el aparato al polo tierra y no porque se le olvidó, sino porque se robó la varilla de cobre para venderla por unos cuantos pesos y seguir bebiendo en la fiesta de su onomástico. No importa cuál haya sido la causa de la destrucción del reloj, hubo júbilo y bienaventuranza en la población, principalmente entre los actores protagonistas de aquella pesadilla.

En el barrio rico, el alcalde Rudolf Alipio sonrió aquella mañana en su dormitorio al escuchar los enojos e irrespeto que le profería el cura párroco. Se dirigió al watercloset a orinar con una sensación de regocijo que no sentía desde hacía tiempo, dejando atrás, tirada en el suelo y rezando, a su esposa María Marta que ya contabilizaba su treceava avemaría con el rosario de cuentas de pétalos de rosas que había comprado en el Convento de San Pablo en Roma, como recuerdo de su luna de miel.

El cura Jonás Warcenas también sonreía lleno de gozo al salir de la casa del alcalde, porque, a pesar del pecado venial recién cometido, se había quitado el deseo contenido de gritarle y mentarle la madre al edil en su propia alcoba. Él entendía que aquella extraña maldición del reloj por fin había terminado y lo que continuaría ocurriendo *per sécula seculórum* en la tranquila historia de su parroquia, iba a ser la monótona repetición de los típicos pecados consuetudinarios de sus feligreses; pecados para los cuales el cura sabía que tendría siempre un remedio sencillo y una explicación cristiana que darles, tal como le habían enseñado en el Seminario Mayor.

Allá en el Barrio Abajo, Marina de Ho, todavía en su cama, sintió que le florecía de nuevo la fogosidad en el cuerpo, después de cuarenta días de extraña frivolidad y abstinencia. Un escalofrío erótico le profundizó hasta sus arraigados recuerdos de quinceañera y deslizó su cálida pierna desnuda hasta arrellanarla entre las piernas lampiñas del Chino Manuel, su esposo, quien ya había aspirado el sutil olor almizclero que brotaba de la entrepierna de la mujer y la estaba esperando con las armas preparadas. Aquella mañana, Manuel sentía la conciencia aliviada por un sentimiento de expiación inexplicable que le sobrevino después del trueno de la medianoche, que lo llenaba de contento.

En El Calvario, la empleada del aseo, Transfiguración de María, como todas las mañanas salió al atrio de la iglesia y se asombró de lo limpio que ya estaba el lugar, como si un grupo de duendes buenos se le hubieran adelantado en su trabajo de limpieza. Para su asombro, al pasar la escoba no volvió a barrer aquella fritanga de cadáveres de insectos bicéfalos y luciérnagas fucsia, de hormigas saltarinas y ronrones albinos, y de los pájaros diurnos que morían de noche. Tampoco volvió a contemplar al borracho que todas las madrugadas se dormían bajo la Cruz del patio luego de orinarse al pie de la ventana de su cuarto, pero se asombró de la nitidez del cielo que lucía completamente celeste, sin las oscuras nubes de los días anteriores ni el humo de las quemas de las siembras campesinas. Desde donde se encontraba, reparó con asombro los árboles del atrio del Calvario y los del parque vecino que comenzaban a florear, como si se hubiera reventado la soga que amarraba y compactaba la primavera de aquel año, y ésta tuviera prisa de recuperar el tiempo perdido para vestirse de colores en unas cuantas horas.

En el centro de la ciudad, en la Cantina de Will, frente al parque central, Policarpo Becerra, el ciego del pueblo que había recuperado la visión la madrugada anterior, se encontraba atónito ante las luces de colores del gramófono del lugar. Después de seis horas seguidas de beber y cuarenta años de ceguera, ahora practicaba su "nuevo sentido de la vista".

Como siempre olía a meados.

La primera claridad que logro ver y conocía era la del relámpago de la medianoche recién pasada que marcó su nuevo nacimiento al mundo de las luces. Pidió otro vaso de aguardiente y continuó deleitándose con la rocola y el reflejo de un brillo estroboscópico de color anaranjado que aparecía según las deformaciones del giro del disco que entonaba un viejo bolero: —*...nuabra reproche..., de parte mía..., solo minporta quisias feliz. Ya vez que todo teeeee-dienlavida, mi pobre vida... yesparati*—. Williams hijo, el cantinero del turno matutino que ya servía el sexto octavo de aguardiente a Policarpo en su cantina, sí comprendía la felicidad de este hombre que había vivido en las penumbras por cuatro décadas. Estaba al corriente que el ciego había recuperado la visión por la increíble suerte de haber estado orinando en el preciso momento que cayó aquel bendito rayo enviado por los dioses para expiar aquella ciudad pagana.

En el gallinero las gallinas amarillas ponían su primer huevo en cuarenta días. Con un gran dolor en el ano salían de sus escondrijos a corretear al patio, levantando polvo y tirando plumas, cacareando locamente para ser satisfechas por el gallo.

En otro lugar de la ciudad había menos alegría. El cuerpo de don Ricardo, después de veintisiete horas de muerto, también oliendo a meados se empezaba a poner color verdoso tendido en la vereda sin zapatos, bajo el puente, mirando al cielo sin mirar, mientras el ijillo del cuerpo emanaba en espiral al espacio para ser percibido por el sutil olfato carroñero de un zopilote real, de cabeza roja y pelada, que ejecutaba su cuarto círculo de vuelo descendente avisando a sus camaradas sobre el preciado banquete.

PARTE SEGUNDA:
¿QUE CÓMO FUE, SEÑOR?

La aventura del reloj de El Calvario comenzó un año antes con una asamblea de ciudadanos importantes en busca de una buena causa. La reunión, realizada en el Salón de las Fotos de los Alcaldes del Palacio Municipal, se ponía cada vez más pesada por el tema aburrido que discutían y por el sopor que emanaba de los presentes aquella calurosa tarde, cuatro horas después de haber caído el primer aguacero de la primavera mediterránea. El vapor que se elevaba del pavimento caliente y el bullicio y el hedor descontrolado que venía desde los puestos de los buhoneros, instalados alrededor del Palacio Municipal, se introducían por la puerta del balcón y agregaban otros matices de incomodidad y fastidio a los cuarenta conspicuos ciudadanos, que habían sido convocados por el Alcalde para discutir y aprobar uno de los principales proyectos del plan de gobierno de la ciudad y que, según Don Alipio, sería la principal obra para darle a esta urbe una connotación de modernismo que no tenía ninguna de las ciudades de América que fueran abandonadas por los conquistadores hace dos siglos en su fugaz huida por el mar.

Cuatro personajes principales presidían la reunión sentados tras la mesa principal de caoba con mantel azul marino, ubicada en un extremo del salón. Frente a ellos la concurrencia de los veintiún notables del pueblo y quince hombres de prensa, todos sentados en sillas plegables de metal con números de inventario en sus respaldares. Los funcionarios edilicios en la mesa principal eran evidentemente descendientes de familias adineradas, estatus que demostraban por sus vestiduras, por las cadenas y pulseras de oro que lucían y por las diversas plumas estilográficas de marcas europeas que mostraban en los bolsillos de sus camisas. Estos notables de la Comuna eran el alcalde, arquitecto Rudolf Alipio González; el primer concejal, don Ricardo Verona; el encargado de Relaciones Públicas, don Terencio Colindres, y el doctor Pastoglia, asesor técnico de la cooperación de la agencia internacional FUNDA. La reunión tenía un punto único: la necesidad imperiosa del alcalde en desarrollar un proyecto con el cual la población lo recordase toda la vida.

—Quiero que los pobladores me recuerden para siempre —había dicho a sus regidores de confianza.

—Óigase bien: ¡*for ever*!

Tomo unos segundos como pausa para que los demás entendieran su locución inglesa y continuó discursando.

—Que me recuerden como el "gran transformador", el "gran evolucionista" —frase que repitió y repitió desde de su sitial de alcalde de aquel apacible pueblo-ciudad que se moría en el tedio matutino propio de las ciudades conservadoras alejadas del tráfico internacional.

El zumbido del aire acondicionado que no acondicionaba nada, el olor de los mercaderes, el vapor de la lluvia, el proceso de digestión de un viernes en la tarde y la proximidad del eclipse total de luna influyeron en las opiniones de los notables de la ciudad para que fuera aprobado unánimemente aquel herético proyecto, consistente en instalar un reloj digital con sonidos electrónicos, o "*beeps*", en la antigua iglesia de El Calvario en el Barrio Abajo.

El proyecto que se pretendía ejecutar tenía dos etapas, pero primeramente sólo instalarían el reloj digital con el sonido del *beep beep* con el fin de ir acondicionando paulatinamente a la población a los intervalos de tiempo. Para ello utilizarían sonidos y figuritas de animalitos en la pantalla en vez de números y, en una segunda etapa, cuando la población adoptara la apariencia de las figuras, se cambiarían estas por los números de las horas pintados en los colores de los símbolos del zodíaco. Posteriormente se instalarían relojes similares en todas las iglesias de la ciudad.

Según los diseñadores del proyecto, y siguiendo las ideas propias del asesor extranjero, el doctor Pastoglia, y de don Ricardo, concejal de la Municipalidad e hijo de un ex canciller de la República, en vez de *beeps*, el reloj debería emitir imitaciones de sonidos de los animales conocidos por la población, y se seleccionarían estos dependiendo del simbolismo de la hora, por ejemplo, a las cinco y las seis de la mañana se imitaría el canto de un gallo; a las siete, a las ocho y a las nueve el reloj sonaría como el trino de una chorcha y el graznido de un ganso; a las doce de mediodía y a las cinco de la tarde los parlantes ulularían como la sirena de la antigua fábrica textil y, durante las otras horas del día, se escucharía el rebuzno de un burro tantas veces como el número de horas que marcara el reloj. A las siete de la tarde y a la media noche, el reloj daría un repique de campanas y, durante las restantes horas nocturnas, se imitaría el croar de las ranas en número de veces según la hora que se anunciara: *croac*, para la una de la madrugada, *croac croac*; para las dos… y así sucesivamente hasta las seis del amanecer que cantaría un alegre quiquiriquí.

Una vez de acuerdo con los términos del proyecto, éste fue entregado en varios tomos de documentos para su ejecución al representante de la embajada de un país oriental que había ofrecido dar el dinero y el equipo para su instalación. En vista de que el alcalde tenía urgencia por la inauguración del primer reloj, arribó de inmediato al país un grupo de expertos extranjeros con la tarea de desarrollar en el lugar las tecnologías acordadas, especialmente la reproducción de aquellos extraños sonidos de animales solicitados por el diseñador municipal de la idea, el concejal don Ricardo. Se instaló un laboratorio de ruidos onomatopéyicos y durante varias semanas los científicos estuvieron grabando las voces de los burros, las chicharras, sapos, tijuyes, alcaravanes, gallos, chachalacas y todo tipo de animales, con el propósito de convertirlos en sonidos electrónicos para incluirlos en el reloj.

El único sonido natural que fue posible simular electrónicamente, con alguna similitud, fue el croar de apareamiento de una pequeña rana de la zona tropical de la región sur, cuyo lamento semejaba al *"beep, beep, beep"* utilizado por los semáforos de Tokio para conducir los pasos de los invidentes. Dado el fracaso de la cibernética para imitar la naturaleza, entonces, se decidió reproducir solamente este sonido de la ranita excitada y repetirlo durante todas las horas del día.

En vista que los científicos orientales no soportaban ni el calor ni los mosquitos del lugar, se decidió que una vez recibido el reloj y las bocinas del exterior, éstos podrían ser instalados por un operario local y para lo cual se contrató al ingeniero Manuel Ho, alias "El Chino", de origen chino, que aunque no tenía la misma nacionalidad de los donantes si podría traducir las instrucciones para la instalación del reloj en la primera iglesia a escoger por el Obispo, que serviría de prueba, seleccionándose para esto la iglesia de El Calvario por su ubicación en la parte histórica de la ciudad.

Pocos días después, el Chino Manuel fue visitado por una comisión de funcionarios integrada por los burócratas de la alcaldía, el Obispo y los científicos orientales diseñadores del reloj y sus sonidos. Cuando El Chino escuchó la loca idea tuvo miedo de aceptar el trabajo, no por incapacidad profesional para realizar la tarea sino que por un extraño temor de complicidad con tan extravagante proyecto. Entonces, como para darse tiempo, solicitó a los visitantes que lo esperaran al próximo día para darles su respuesta, aduciendo que tendría que hacer reacomodos en su rutina actual de trabajo, cuando la realidad era que le había dado miedo al sentirse repentinamente presa de un mal presentimiento y quería evitar una respuesta precipitada. Durante la cena consultó el asunto con su esposa Marina comentándole sus inexplicables inquietudes. Ella lo escuchó pacientemente y le manifestó su sorpresa.

—¡Que presentimientos ni que papadas Chino! —Le dijo la esposa blandiendo la mano en el aire —, esos miedos son por tu cambio de edad…

Manuel quiso expresar sus dudas.

—¡Déjate de tonteras Chino cobarde! —le reclamó de nuevo Marina sin dejarlo contestar— que no nos podemos dar el lujo de rechazar un trabajo en dólares —y le exigió a que aceptara tan importante propuesta que, además de permitirle grabar su nombre en la placa de inauguración de la obra y ser recordado para siempre por la ciudadanía, le proporcionaría una paga sustanciosa en moneda extranjera y los ayudaría a completar los ahorros necesarios para realizar el sueño de su vida: visitar el balneario de La Ensenada. Al día siguiente, el "chino" aceptaba el trabajo de mala cara.

A las pocas semanas el reloj electrónico digital arribó a la ciudad y fue instalado sin contratiempos. Su pantalla luminosa se ubicó en el centro del triángulo superior del frontis del techo de la iglesia de El Calvario y las gigantes bocinas dentro en las torres aledañas, en los espacios vacíos dejados por las campanas que nunca existieron. El Chino Manuel se sintió aliviado cuando la comisión de notables le comunicó que no era posible que él realizase la prueba del equipo porque el alcalde había solicitado una sorpresa total y, el reloj, no debería funcionar sino hasta el momento mismo de la inauguración. Sin embargo, el chino sentía un fuerte cargo de conciencia cuyo origen no comprendía, que se incrementaba día a día, a pesar de las críticas de su esposa que se burlaba de aquel estúpido remordimiento al tiempo que algarabiaba cuando recibía los pagos en divisas por el trabajo realizado.

—Mira la casa adornada, lo linda que la tengo, con tu nuevo ingreso —le dijo arrebatada, cuando Manuel llegó a casa después de la inauguración, y le mostró los nuevos muebles y tres floreros de porcelana en el ambiente, aunque se sintió confundida al percatarse que las margaritas amarillas del florero de la mesa de la sala se encontraban ya marchitas, y los pétalos ajados caían sobre el mueble afeando el centro de encaje.

—¡Qué extraño! —Pensó asombrada— Si las he puesto en el florero con agua fresca, apenas esta mañana, antes de que el reloj sonara sus doce "*beeps*" del mediodía.

La iglesia de El Calvario se encontraba ubicada en la parte más baja de la ciudad, a solamente a cien metros del río principal. En otros tiempos, el barrio fue la parte lejana del centro comercial adonde destacaba la Catedral, desde donde partían las procesiones que enterraban a Cristo todas las semanas santas, y los creyentes que acompañaban el entierro tenían que caminar cargando la imagen del Cristo Crucificado para concluir el Vía Crucis que terminaba en El Calvario, para dejarlo ahí guardado en su cruz y no acordarse de nuevo del mártir sino hasta el próximo Domingo de Ramos, un año después.

La iglesia era pequeña y lindísima, con el ala principal coronada de un techo a dos aguas y dos torreones laterales con huecos de campanarios vacíos. En su frente sin ventanas, sobresalía una gran puerta principal de laurel con rosetones de bronce, rematada por un dintel de piedra de cuña rosada, decorada con cagadas de palomas y plantas parásitas. Un amplio atrio semicerrado precedía la construcción principal colindando a su izquierda con la calle que bajaba al río Grande y, a su derecha, después de la casa curial, seguida de un cerco de enormes ficus benjamina. En el centro del atrio se erigía una gran cruz tallada, de piedra verde, obsequio centenario a la ciudad por parte de la familia Reyes para que sus miembros fueran enterrados en aquel santo lugar y así evadir el juicio final. La iglesia era el centro de la jurisdicción espiritual del único sacerdote oriundo del país en la ciudad, el cura Jonás.

Del sacerdote Jonás se decía que no sabía del pecado. Como no se conocía de su origen y verdadera edad, se rumoraba que no había seguido el trámite usual de adquisición del pecado original. No existía evidencia alguna de su nacimiento ni tenía una madre conocida, ni antepasados, y hasta se comentaba en la feligresía que ni siquiera tenía ombligo bajo la casulla. Un día cualquiera de invierno apareció en la calle pidiendo limosna y nadie supo de dónde llegó, pero por su olor a pescado lo bautizaron Jonás. Unas monjas lo recogieron y desde entonces siempre obedeció fielmente todas las órdenes e instrucciones catequísticas que recibió de sus mayores, hasta convertirse en un sacerdote obediente que repetía con firmeza sobre su pureza inmaculada, porque nunca jamás había cometido una falta — ni leve ni grave, ni venial ni mortal, nunca jamás —decía—, ni siquiera la expresión de un vulgarismo o una mala mirada.

Cuando Jonás supo del proyecto por un informante en su confesionario se sintió muy cerca de su primer pecado.

—El primer pecado y grave… —comentó en la homilía dominical, manifestando su oposición a un proyecto tan profano y extraño, sin saber que el reloj ya había sido aprobado y consagrado por sus autoridades eclesiásticas.

El Obispo mandó a llamar a Jonás a su palacio y, en la intimidad de la reunión, le puso su huesuda mano sobre el antebrazo en gesto paternal para explicarle al oído sobre el proyecto acordado con el alcalde. En voz baja, le indicó que era un compromiso político y que la primera iglesia de prueba, escogida para instalar los relojes digitales, había sido El Calvario. Que ambos conocían que la iglesia pertenecía a su parroquia y además era su casa curial pero que, como buen subalterno, debería de obedecer ciegamente lo acordado con la autoridad de la ciudad porque la madre del alcalde había entregado cuantiosas indulgencias para amortizar los gastos protocolarios del Palacio Episcopal...

Y Jonás obedeció calladamente, tal como siempre había obedecido las instrucciones de sus superiores eclesiásticos.

Diez meses después de la reunión en la alcaldía el proyecto estaba listo para su inauguración. Se invitó a toda la población para la fiesta inaugural del reloj y no solamente a los funcionarios catrines de los diversos grupos de la comunidad. Desde un mes antes de la fecha hasta la víspera de la fiesta se participó por la radio y altoparlantes a los habitantes, durante todos los días, para que nadie faltara y se cancelaron todos los oficios del gobierno, las bodas, los bautizos, agasajos y cumpleaños para que nada interrumpiera la ocasión. Los megáfonos y boletines ofrecieron refrescos y golosinas a los concurrentes acompañados por música de tríos vagabundos, pirotecnia y una gorrita de cartón con la foto del Alcalde para que se cubrieran aquellos que padecían de insolación. A los invitados especiales se les regalaría una corbata con la figura de un árbol en miniatura, se les serviría el almuerzo protocolario y bebidas importadas con hielo y se les invitaría a servirse en un kiosco especial con comida cruda con picante de raíces, concluyendo los obsequios con un reloj plástico de pulsera que simularía el sonido del reloj que se inauguraría en El Calvario.

A los que asistieran con sus esposas, se les permitiría a las damas que al salir de la fiesta se llevasen a sus casas los arreglos florales hechos sobre figuras de papel engrudado, las guirnaldas que arreglaban las paredes, los gajos de globos de colores amarrados en los corredores y los ceniceros de barro con orilla dorada hechos en la artesanía de doña Tencha, que adornarían las mesas de los fumadores y no fumadores. La alborada sería ruidosa y arrabalera con marimbas callejeras, carreras de bombas, carrozas, sirenas de fábricas, vuvuzelas, tunas universitarias, veintiún cañonazos, caravanas y puestos de chicha.

El día de la fiesta, a la hora señalada, los altavoces anunciaron el inicio de los actos oficiales y se conminó a los asistentes a hacer silencio, se acalló la música y los petardos y la concurrencia se arremolinó ordenadamente en el atrio alrededor de la cruz de piedra al frente al estrado para presenciar la ceremonia de inauguración. Solamente se permitió la actuación de un trío de guitarristas clásicos contratados a propósito para entonar los himnos y una sonata clásica que servía de música de fondo.

El alcalde Rudolf Alipio subió al estrado construido frente a la iglesia, esbozó una sonrisa demagógica y permaneció un momento contemplando a la población. Vestía una camisa estampada con flores de loto que había comprado en Acapulco en su último viaje, el pelo recién arreglado con un tinte quitacanas y sus manos manicuradas con esmalte en las uñas. Inició su discurso a la concurrencia con un ¡buenos días vecinos! Y, después de un comentario jocoso alusivo a la amante del Presidente de la República, fue directo a explicar que el único motivo de la celebración era iniciar un proyecto de instalación de relojes digitales en las principales iglesias de la ciudad, que sonarían cada hora, para implantar en la población actual y en las futuras generaciones una disciplina a la puntualidad —como principal elemento de cambio para alcanzar la semejanza con los países europeos y orientales— y disminuir la diferencia existente entre éstos y la ciudad que él gobernaba. Terminó su discurso diciendo —y repito— "que el pueblo alemán y el imperio del Japón, han superado su etapa de post guerra y se han convertido en culturas *out-standing*, debido a la obediencia rigurosa y sostenida de la población a sus relojes..."

—Con el reloj que ahora inauguro —dijo a viva voz— nos compararemos con Londres y su *Big-Ben*, con Florencia y el reloj de la Plaza de la Señoría y con *Hamein* y su legendario reloj mecánico de flautas y ratoncitos.

—Con este acto avanzamos en la historia quedando atrás el reloj de arena en Egipto, el reloj de agua de la Villa Borghese en Roma y el vetusto reloj venusiano del Tiahuanaco en el altiplano boliviano...

—"Sia dicho". Muchas gracias vecinos y disfruten de la fiesta —concluyó el alcalde y todo mundo aplaudió.

Después de los discursos la esposa del alcalde y el Obispo velaron la placa de inauguración del reloj y cuando el prelado esparcía el agua bendita hacia la iglesia, simultáneamente ocurrió lo que todo mundo esperaba: sonó el primero de los doce *beeps* de las doce horas del mediodía de aquel aciago día.

El "*beep*" inicial se escuchó picante, metálico, rápido, cortante, decepcionante y maléfico desvirgando la atmósfera ancestral. Todos los asistentes se vieron las caras unos a otros con un gesto de sorpresa y confusión. El sonido electrónico provocó una sensación inexplicable y desagradable en el ambiente del atrio que envolvió a todos los presentes.

El aire se cargó de electricidad y el público enmudeció con un estremecimiento de temor y desagrado. El silencio sólo fue interrumpido por los otros once *beeps* que a intervalos iguales de tiempo completaban la hora y por un sonido agudo de las seis cuerdas de la guitarra del guitarrista clásico de charro, que se reventaban al unísono, una por una, con los subsiguientes *beeps* del dos al siete.

El murmullo acostumbrado de la ciudad se silenció para dar paso al mundo de los *beeps*. El pueblo calló, las guitarras callaron y sólo se escuchó a lo lejos un viento taciturno que botó al suelo, sin tocarlas siquiera, las flores de los macuelizos, acacias y jacarandás, dejando al descubierto los nidos de los pájaros.

Después de develar la placa se invitó al almuerzo en el recinto de la alcaldía. La comida de los invitados especiales se realizó en el Salón de los Retratos y finalizó a las cuatro de la tarde al terminarse la bebida importada y la nacional. Cuando se retiró el último invitado después del último músico, el salón quedo solitario con las mesas repletas de platos engrasados de cartón, vasos empañados con colillas de cigarros y los manteles sucios todavía engrapados a las mesas para que no se los llevaran. Durante varias semanas después y hasta la caída del rayo, no volvió a haber en el Salón de los Retratos ninguna reunión oficial y sólo esporádicamente entró al recinto una barrendera para barrer los desperdicios de las polillas que corroían los marcos dorados de los retratos de los próceres nacionales, así como a limpiar las telarañas de las arañas de luces que pendían del techo del cual aún colgaban los globos desinflados con la foto del alcalde.

Los gobelinos de las paredes con motivos de la independencia sirvieron para limpiar los dedos con salsa de los invitados que no alcanzaron a coger cubiertos para la comida. Varios de los retratos de anteriores alcaldes fueron pintados con bigotes y vulgaridades, quedando solamente intacto el kiosco oriental de comida cruda, con adornos de *ikebana* y letreros con frases *Kamacura*, que ningún invitado comió porque se esparció el comentario de que esa comida daba "temperatura".

Después de la docena de "beeps" inaugurales todo mudó.

Don Ricardo no asistió a los actos de inauguración debido a que en esa hora se encontraba borracho por la celebración de la alborada. Su primer contacto con el reloj fue en la medianoche del mismo día cuando recobró sus sentidos ante la insistencia de los doce *beeps* del cambio de fecha que parecía que le hurgaban las costillas, vibrando los sonidos electrónicos en lo profundo de su cerebro en resaca. Al escucharlos, salió al balcón de su apartamento en la parte alta de la ciudad y fijó su mirada en la dirección que provenían los sonidos, contemplando a lo lejos una mancha luminosa como la de una constelación, sobrepuesta en la punta del ala mayor de la iglesia de El Calvario, cuya luminiscencia opacaba las estrellas de fondo en el cielo obscuro de la ciudad.

El fenómeno que presenciaba era una espesa nube resplandeciente que avasallaba a la naturaleza. Dentro de la nube había
miles de puntos luminosos moviéndose alrededor de un centro
adonde brillaba el reloj, como un sol rectangular. En medio
de esa extraña galaxia con astro verde blanco, volaban cientos
de luciérnagas machos en movimientos espasmódicos, como
en una danza de apareamiento, tras una exótica pareja rectangular que flirteaba con ellos, atrayéndolos con una intensidad
halógena de mil watts. Los insectos nocturnos y mariposas
diurnas danzaban frenéticamente alrededor del reloj-sol em-
briagados por la extraña luminosidad que los confundía y los
excitaba a copular entre ellos, sin importar su especie, su sexo
o su tamaño, engendrándose nuevas formas de vida animal
que no correspondían al ecosistema existente ni respetaban las
leyes de Dios vigentes hasta el momento antes de la inauguración del reloj.

Cada cierto tiempo, en los espacios entre los *"beeps"* de las
horas y la orgía de brillos y sonidos, y como simulando el paso
de un cometa, el espacio cósmico privado del reloj era interrumpido por el vuelo de un pájaro obscuro que en su vuelo
suicida hacia la luz atropellaba a los insectos-planetas y a las
luciérnagas-estrellas hasta encontrar su estrepitosa muerte al
estrellarse contra el cristal sintético que protegía las ventanas
de los números digitales del reloj, cayendo hacia abajo destri-
pados, sobre el atrio de la iglesia, frente a la puerta de arco del
recinto, adonde esperaban el alba para ser barridos por la cán-
dida sacristana Transfiguración de María, conjuntamente con
otros miles de cadáveres de extrañas mutaciones de insectos
contranaturales, extenuados por su agotadora orgía nocturna
y calcinados por el calor de la lámpara de la carátula rectangular del reloj japonés aquel .

En la postrera de la inauguración fue que comenzó a pasar
cosas inexplicables. En la población, las parejas de toda edad
dejaron de tener relaciones carnales y los matrimonios no se

realizaron. Apareciera que el sonido del reloj atrofiaba la se-gregación de las hormonas del deseo y nadie fornicaba. Nadie daba una explicación de lo que ocurría pero los prostíbulos se mantenían vacíos, sin clientela masculina, mientras las perras en celo caminaban solitarias por las aceras, sin cortejo, y se corrió el rumor que en la ciudad los varones ya no tendrían erecciones ni las mujeres menstruación, y que a tres monjas del convento les había comenzado a salir una copiosa barba…

—¡Dios tiene que ponerle cuarentena a esta babosada! —mencionó el cura Jonás al visitar el gallinero del seminario y darse cuenta que hasta las gallinas amarillas habían dejado de poner huevos.

Transfiguración de María, la aseadora de la iglesia, que siempre llevaba sus labios ensalivados, continuo barriendo el atrio todas las mañanas después de la inauguración y todas las mañanas tenía que barrer de veinte a treintaicuatro pájaros negros y de colores que se estrellaban contra el frente del reloj, atraídos por la luz fluorescente que desde la inauguración se había convertido en una especie de faro mortal, que además de invitar a los confundidos pájaros a acelerar su vuelo a la muer-te y dejar sus nidos abandonados, también conducía a los ha-bitantes noctámbulos a situaciones desconocidas, como era el caso del asesor de la alcaldía, don Ricardo, familiar de alguien importante, quien se aproximaba a un fatal desenlace por su última recaída en la debilidad alcohólica que lo acorralaba.

Transfiguración de María solamente vio a don Ricardo dos veces en su vida yendo por aquel lugar y ambas después de la inauguración. Fue cuando ella terminaba su trabajo nocturno de quitar la cera de las velas en los pisos del altar mayor y entonces salía de madrugada del edificio a barrer el atrio, y ambas veces lo encontró reflexionando, sentado en la banca frente a la iglesia, con su ropa fina estropeada y sucia y mi-rando fijamente hacia el reloj. Ella no conocía al caballero y le extraño su presencia, más cuando le vio rodar lágrimas por sus mejillas y lo escuchó hablar a solas supuso que tenía algo que ver en el drama que se vivía en la ciudad, que ella misma no comprendía.

Don Ricardo no fue que se volvió alcohólico por su perturbación anímica de haber sido el creador del proyecto, sino que, en realidad, ya traía un alcoholismo genético desde el vientre de su madre, quien lo engendró cuando ella era la joven esposa del viejo Canciller en los tiempos de los coroneles de cerro. Desde la fecha de la reunión en la alcaldía don Ricardo cayó en una gran depresión, estimulándose de tal forma su actitud alcohólica que después de la inauguración pasó del grado de bebedor social activo a convertirse al grado de bebedor neurótico y, en las últimas semanas, bebió con tal ímpetu que quedó destruido a muerte. De la histórica reunión del discurso del alcalde se fue con los concejales a celebrar la aprobación de "su proyecto" por parte de los notables, repitiendo constantemente a quien encontraba sobre su inteligente proyección a la comunidad.

—No sé qué sería de la ciudad y del alcalde sin mi apoyo —comentaba a sus compañeros, tal como lo había hecho un antiguo poeta refiriéndose a su Presidente hasta que este lo envió a picar piedras a una vía pública.

—¡Qué inteligente soy, carajo! —Repetía a gritos en sus borracheras—. ¡Con este reloj me recordarán para siempre!— sin percatarse de que se había convertido en el responsable de aquel deplorable acto de subyugar a las criaturas de la naturaleza a la tecnología electrónica oriental. Desde ese momento comenzó su borrachera final que duró casi un año. Primero bebiendo whisky de contrabando hasta que los técnicos asiáticos terminaron de probar e inventar los sonidos de los animales que definirían las horas. Después de esto, continuó bebiendo ron barato por seis meses hasta que el chino Ho instalara el reloj en la parte superior de la iglesia. Desde que sonó el primer *beep* y hasta el eructo final, treintainueve días después, se bebió sesentaisiete litros de "gato de monte", un aguardiente clandestino destilado por artesanos rurales hasta que murió unas horas antes de que cayese el rayo.

El miércoles santo el reloj sonó las tres de la madrugada y Ricardo volvió su mirada en dirección de la iglesia, desde un rincón maloliente donde se localizaba esa noche.

—Si me hubieran hecho caso estos orientales... —dijo en tono molesto— este maldito reloj estaría sonando *croac*, *croac*, *croac* y no ese aburrido *beep*, *beep*, *beep* que le pusieron, ¡mierda! —Luego expulsó un fuerte eructo y sintió de pronto una especie de vacío que le iba llenando todo el cuerpo. Escuchó trompetas en su interior..., y se pasmó al percatarse de que lo que había eructado era su alma.

«Como que eructé el alma por blasfemo —pensó—, ¡que bruto!» Y solamente le quedaron fuerzas para un postrer lamento mientras su humanidad desinflaba mansamente:

—¡Como que me fui carajo! ¡Me fuiii...! —cayendo al suelo de golpe en la calle salpicada, bajo el puente del río Grande, por donde vagabundeaba con sus amigos de borrachez. Al verlo, una trasnochada mujer que lo acompañaba a beber en los últimos días salió corriendo de la oscuridad hacia una esquina, tartamudeando a gritos:

—¡He, he..., hey, se murió!...

—¡He, hey, se mu, mu, se murió gi..., gi, Gicardo!... ¿Quién quiere sus ja, za, zapatos...?

Parte tercera: el milagro

Fue durante la Semana Mayor que ocurrió el milagro espera-do. El jueves santo, durante la misma hora en que hace veinte siglos el Nazareno meditaba en el Huerto de los Olivos y se preparaba para recibir el beso señalador de parte de su apóstol tesorero, una gran depresión atmosférica se presentó en el tur-bio cielo del verano de los *beeps*. El fenómeno cubrió todo el espacio sobre la ciudad con una gran nube negra que ahuyentó la luna llena, pasando a desintegrarse violentamente en una lluvia a cántaros que espantó a los murciélagos y se dirigió en todas direcciones, empapándolo todo, derribando nidos y pe-netrando por las ventanas de las casas que habían sido dejadas descuidadamente abiertas por la población para capturar un poco de fresco, cualquier chiflón que los aliviara de aquel tó-rrido calor que durante los últimos treintainueve días los había calcinado y que se recordaba como el verano más infernal que registraban los anales de la ciudad.

Dentro de la súbita tormenta, de su propio corazón de la nube, y precisamente en el minuto en que dos mil años antes Judas acercaba los labios a la mejilla de su patrón para indicar-le al centurión romano la identidad de Jesús, cayó del negro firmamento un fulminante rayo que unió el cielo y la tierra, enlazando con un hilo amarillo el mismo centro de la nube con la punta de la antena del reloj de El Calvario, resonando el trueno en el horizonte como un latigazo que fue escuchado en todo rincón dentro de las fronteras marítimas, terrestres y planetarias del país.

El relámpago formó su camino de descarga eléctrica a través del aire pecaminoso de forma vertical, resplandeciendo por tres veces consecutivas como tres rayos seguidos en el mismo lugar, inyectando una descarga de cientos de millones de voltios de castigo sobre la vieja estructura de la iglesia que, por unos instantes eternos, brilló intensamente como si fuera una fantasmal iglesia de placas de neón.

Un instante antes, el ciego Policarpo Becerra, quien utilizaba la base de la cruz de piedra como dormitorio para sus borracheras de todos los días, despertó incómodo y se revolvió molesto en el suelo frente a la puerta de la iglesia. Como buen ciego y por su antigüedad de invidente, había desarrollado otros sentidos adicionales para percatarse del acontecer y palpó del ambiente la percepción de que algo diferente iba a ocurrir a su alrededor inesperadamente, por lo que decidió estar preparado para cualquier acontecimiento inusual. El mismo sentimiento de excitación lo había sentido años atrás, minutos antes de la gran inundación de la ciudad, y por no hacer caso a sus premoniciones en aquella fecha no abandono el lugar a tiempo y tuvo que pasar los tres días que duro el huracán subido en la punta de la cruz de piedra verde, peleando el espacio vital contra las serpientes y otras alimañas que arrastraba la corriente y querían desplazarlo para ponerse a salvo de las turbulentas aguas del río desbordado.

—¡Güevos! —Dijo para sí mismo—, mejor me alisto y me voy.

Estiró el adormilado cuerpo en el suelo mientras el reloj comenzó a sonar los doce *beeps* electrónicos de medianoche. Se ubicó en el tiempo y se percató que se encontraba inusualmente sobrio, como que si algo desconocido le había suprimido la borrachera de la tarde y escuchó los *beeps* sobre su cabeza, sintiéndose extrañado por la agudeza de éstos ya que siempre en su borrachez habitual los había escuchado como tañidos de campanas lejanas de alguna iglesia rural. Jamás se había despertado a esa hora. Se levantó del suelo, sacudió de su vientre unas extrañas hormigas saltarinas que acosaban a los pobladores durante aquel verano y sintió el deseo de la primera meada de la jornada.

Automáticamente, como un ciego conocedor del terreno y orgulloso de su geografía *Braille*, dio media vuelta, caminó tres pasos al frente, giró cinco pasos a la derecha y advirtió en la punta de sus pies el ya conocido bordo de la jardinera debajo la ventana, un metro antes del primer árbol de ficus que engrosaba diferente gracias a sus orines. Se abrió la bragueta del sucio pantalón y casi desde adentro, casi sin terminar de sacar el flácido pene, lanzó un chorro de orines ambarinos para empapar el arriate del parque, moviendo el chorro oscilantemente para ambos lados con el propósito de mojar y ensuciar el grifo de agua que se usaba para regar los jardines.

—Esto es pa' joder al jardinero... —dijo con una sonrisa burlona.

Precisamente en ese momento, cuando el ciego hacía figuras pendulando el chorro de orina para acá y para allá, con espumarajos, y mojaba el grifo metálico en el suelo, sonó el doceavo *beep* y fue cuando cayó el rayo sobre el reloj.

Instantáneamente después del efecto milagroso del rayo celestial al destruir el satánico reloj electrónico, la descarga eléctrica se condujo a través de las paredes húmedas del edificio transmitiéndose hacia la tierra de los arriates con flores marchitas, alcanzando las cañerías metálicas de agua enterradas en los jardines y llegando hasta el grifo frente a Policarpo, para ascender por el zigzagueante chorro de orina del ciego y entrar a sus entrañas a través de su costroso órgano sexual.

Cuando penetraron los doscientos mil voltios en las entrañas de Policarpo a través del chorro de meados, el ciego sintió que su vientre se llenaba de una luz caliente. Inmediatamente experimentó la sensación que su sucio pelo ensortijado se volvía lacio y asombrosamente sus ojos se abrieron volviéndole la visión, y dejó de ser ciego. Pasaron varios segundos sin aliento, primero la luz y luego el estruendo, y al darse cuenta del milagro dirigió su primera mirada hacia la pared enfrente de él, hacia la ventana existente sobre la llave de agua, que en aquel momento se desplegaba de par en par por el estruendo del rayo y observó la figura de una hermosa mujer con los senos al descubierto y su cara asustada.

—¡A la puta! —dijo—. ¡Qué buena que está la Transfiguración de María!

Después, pasó su segunda mirada escudriñando alrededor e inmediatamente se orientó con el olfato hacia la cantina de su amigo Williams, adonde servían unos estupendos aguardientes de media noche con piqueo de yuca frita, dirigiendo sus pasos en aquella dirección al tiempo en que tarareaba una canción que recordaba:

—"...*andaive, no seas ingrata... andaive. No lo hagas por mí..., al fin y al cabo...*— con la duda en su mente de si el estribillo que repetía la canción era: "*levántate y ve*", como se refería el impoluto cura del lugar al mentar la palabra de Dios, en vez de la frase que él cantaba como "*anda y ve*".

Rudolf Alipio se sentía bien. Unas horas antes se encontraba en su consuetudinario e inexplicable insomnio de las últimas cinco semanas, durante las cuales sólo dormía por ratos y pasaba la noche contando los cincuentaicuatro *beeps* de las horas nocturnas. En aquella velada escuchó a medianoche los doce *beeps* de su tormento y, al mismo instante del doceavo sonido metálico, percibió en los reflejos de su habitación la celestial luz del relámpago y escuchó un instante después el mesiánico estruendo del rayo salvador. Todavía al amanecer sentía que un irresponsable sopor abandonaba su cuerpo, enfriándolo, y lo llenaba de una calma que no experimentaba desde hacía cuarenta días. Su calva lucía cuadriculada por los injertos de cabellos que de forma húmeda y enmarañada colgaban y se pegaban a su frente. Después de aquella quietud que siguió al rayo, solamente escuchaba en la lejanía los latidos acuosos del corazón de su esposa María Marta, que del susto, se había caído al suelo desde la cama con el brinco que pegó al estallar el trueno a medianoche y yacía todavía sobre la alfombra violeta, boca arriba, con su cuerpo enjuto en forma de cruz y la hernia umbilical como unicornio mitológico bajo su pijama de seda, apuntando hacia el cielo raso de la habitación…

Después del relámpago, las aves ocultadas trinaron de nuevo con una furia loca de festival. Las acacias, llamas del bosque, sanjuanes y demás árboles mediterráneos brotaron en pimpollos florales de todos colores y se prepararon para continuar la primavera interrumpida y acoger de forma ordenada a los pájaros diurnos de día y a los nocturnos y murciélagos en la noche.

Con el estruendo y la luz, Transfiguración de María se despertó turulata y se asomó rápidamente a la ventana de la Casa Curial sin terminar de cubrir su torso, para curiosear de qué trataba tanto ruido en el atrio. Afuera, precisamente en el vano de su ventana, vio al ciego de la Cruz que por primera vez parecía sobrio a esa hora y lo envolvía un aura fluorescente, como los fuegos de San Telmo, mientras la contemplaba estupefacto a los senos con los ojos completamente abiertos y el pelo hirsuto como el peinado que usaban los jóvenes modernos. El ciego la miró, la remiró y se sonrió enseñando su sucia dentadura. Seguidamente, hizo un comentario mencionándola, aspiró profundamente el aire lleno de humo, dio media vuelta y se fue caminando hacia el centro de la ciudad cantando una confundida canción.

Transfiguración de María jamás quedó igual después de sentir aquella explosiva mirada admirando sus castos senos. La imagen instantánea de felicidad expresada en el rostro del hombre aquel en la penumbra del patio, enmarcada por el vano de la ventana, se grabó en su mente para toda su eternidad. Atolondrada y sonrojada no supo que hacer, simplemente se ensalivo los labios y cerró las batientes.

De los restos del reloj, dispersos en pedazos por todas partes, hasta el rio Grande, ten sólo se levantaba un hilo de humo negro con olor a frenos quemados que, por su alta temperatura, hacía vibrar el aire circundante causando reverberaciones que todavía distorsionaban la naturaleza de las cosas que lo rodeaban, como queriendo mantener los rescoldos de su malignidad inocente.

En la distancia, en medio de una algarabía de pájaros y pericos que cantaban de todas las jaulas y jardines del rico vecindario de la parte alta de la ciudad, se escuchó el insistente pumpuneo en la entrada de una mansión. Era el padre Jonás, que tocaba urgido a la puerta de la casa del alcalde. La empleada abrió y sacó su cara asustada, diciendo:

—El timbre no funciona, a quien bus... —sin terminar la palabra, asombrada al darse cuenta que la incómoda visita mañanera era del mero sacerdote de la parroquia, en persona, sin rasurar, con un rictus dramático en su rostro y vistiendo aquella mal olorosa sotana, mal abotonada, dando muestras de haberse vestido precipitadamente.

—Los señores están en su alcoba, descansando— dijo la mucama disculpándolos.

El padre Jonás apartó la mujer del quicio de la puerta para entrar bruscamente a la residencia atravesando los jardines y los sobre adornados salones sociales, subió de dos en dos las gradas en caracol construidas de carreto y se dirigió a la puerta más grande del corredor, abriéndola violentamente de par en par.

El alcalde se percibió de la intromisión del cura en su recámara en el momento que ya había aceptado su redención y se dirigía contento al cuarto de baño a efectuar su aseo cotidiano, saltando cuidadosamente el cuerpo de su esposa que aún permanecía en el suelo con los ojos engarruñados, murmurando una oración al Espíritu Santo. Al pasar, el alcalde miró la cara compungida del sacerdote y le sonrió burlonamente, con la conciencia tranquila, como quien no le debe nada a nadie. Pero el sacerdote lo señaló apuntándolo a la cara con el dedo índice, para decirle con ira:

—¡Se lo advertí alcalde! Yo se lo dije que mi Dios jamás se convertiría en cómplice suyo ni del Obispo en este atentado en contra de la armonía de la naturaleza...

—¿Y ahora qué? —respondió el alcalde apartándose sus ralos cabellos de la frente.

—¿Y qué quieres que haga ahora...? —continuó el edil y concluyo encogiéndose de hombros— ¡El rayo ya cayó y yo no tengo nada que ver con esto!

El sacerdote miró a Rudolf directamente a los ojos y se deleitó por la cobardía que mostraba. Habiendo tratado con tantos pecadores buscó en su memoria la peor mirada que había podido hacer o recibir en su vida clerical. Frunció el ceño seriamente, se concentró para que el flujo de su desafío penetrase y se grabase en lo profundo de la conciencia del alcalde en pijama, mantuvo su vista fija un instante en los ojos de Rudolf Alipio, como jugando con la presa y dio la media vuelta, saliendo de la habitación y tirando tras de sí la puerta de caoba, completando así el aspecto magistral de su visita: su gesto su desprecio al edil. Al bajar las escaleras y salir al jardín se permitió un leve y venial primer pecado en su vida, murmurando con una sonrisa triunfal:

—¡Hijuelasmilputas!

La mujer fea y
el restaurador de obras

Capítulo primero: EL RESTAURADOR Y LA MUJER FEA

El trabajo de restauración del viejo edificio de la Alianza de Ultramar iba viento en popa. Al encargado de los trabajos de campo le parecía que terminarían a tiempo para estrenar la hermoseada fachada en las próximas fiestas del aniversario de la ciudad. Para el arquitecto restaurador, Dito Fernando Vásquez, la remodelación del inmueble iba a ser una de las principales obras en su vida profesional por la riqueza de detalles arquitectónicos y esculturales que contenía el vetusto edificio anglosajón, además por el alto grado de deterioro en que su empresa restauradora lo había recibido varios meses atrás. El edificio, erigido con un precioso estilo gótico, se encontraba desmantelado y feo pero ahora, después de mucho trabajo de los especialistas, se percibía limpio y lucía su estilo y arquitectura original tal como en la fecha cuando fue inaugurado, hace ciento seis años, como un regalo de Europa a la comunidad local.

El momento del día era caluroso y húmedo cuando Fernando, encaramado en el andamio principal de frente a la plaza, daba los últimos retoques a una estructura utilizada para evacuar las aguas del techo y que remataba, en la fachada central, con un especial adorno escultural que había ocupado varias jornadas de su atención. Era una pérgola enigmática de aspecto mágico, cuya forma peculiar no se encontraba descrita ni en

43

su diccionario Masón de figuras esotéricas ni en los catálogos de simbolismos medievales. Aquella figura lo atraía enormemente por su cuerpo de sirena sin cara y por su cabellera de largas plumas, aunque se encontraba altamente deteriorada por la corrosión causada por el estiércol de las palomas y la electricidad del ambiente. Además de este detalle profesional que le servía de excusa, el principal motivo que mantenía al restaurador apasionado en aquel lugar específico del edificio, a aquella hora en especial, era la posibilidad de ver pasar por la plaza, desde la altura en que se encontraba y con el reflejo del sol a esa hora del día, la más hermosa cabellera de mujer —jamás vista— que lo había deslumbrado todas las jornadas durante el último mes, perteneciente a una joven estudiante que rutinariamente paseaba por su campo visual desde el andamio, exacerbándolo, como cuando un torero enardecía al animal en el ruedo, moviéndose cadenciosamente cual muleta con su trapo colorado, con su pelvis hacia adelante, atrevida y refinada, deponiendo su delicado torso inclinado hacia atrás mientras blandía su cabellera de diosa.

Así de salerosa, la joven no podía pasar inadvertida por aquel joven halcón que, desde las alturas, escudriñaba hasta el más mínimo detalle de las criaturas que transitaban por su territorio. La miraba detenidamente desde que aparecía con aquel pelo largo, liso y pesado, curvado en sus puntas hacia todos los lados, de color castaño con rayos dorados verdosos como el oro antiguo, con hilos naranja intercalados, brilloso y sedoso, siempre suelto el viento y cayendo en catarata sobre sus hombros de color de trigo. La hembra prorrumpía todos los días por los portones de la Universidad a la misma hora, cruzaba la plaza en dirección hacia la calle del edificio en restauración y, al llegar frente al frontispicio, se contoneaba primorosamente debajo de la armazón adonde se encontraba trepado el arquitecto Dito para luego desviar en la bocacalle y dirigirse a algún lugar del centro comercial del Barrio Abajo.

A partir de la primera vez que el ingeniero vio aquel espectacular cabello, desde la altura de la construcción, quedó terriblemente prendado de la imagen y programó su rutina laboral de modo de estar en ese mismo lugar todas las tardes posibles, durante el momento en que la linda y ondeante cabellera aparecía en el portón del horizonte del frente, para luego escurrirse por entre las glorietas y jardines del parque, reverberando caudalosa bajo su andén para desaparecer de su vista en el horizonte opuesto de la calle de los buhoneros. La visión de aquella mujer con tan bello pelo había embrujado al restaurador, al grado que decidió sustituir el plumaje de la cabeza de la gárgola de forma de sirena por una cabellera pétrea, a imitación de la que poseía la hermosa transeúnte, la que tallaría en malaquita con matices ocre y rayos de pan de oro, aunque esta suplantación escultural no obedecería al diseño arquitectónico original él lo consideraría como una travesura artística y el sello personal de su trabajo.

La guapa universitaria de las cinco pasado el meridiano causaba en el joven restaurador una obsesión fatal, tal que transcurría las noches sin conciliar el sueño saboreando las últimas imágenes de aquel enigmático y apasionado cabello que lo mantenían en vela, pensando en aquella mujer desconocida que sin siquiera haberle visto el rostro ni conocer sobre su vida se había metido en su corazón, en su cerebro, en su arquitectura, manteniéndolo permanentemente excitado por el encanto de su cabello. Su congoja únicamente se apaciguaba cuando la presenciaba cada tarde desde la altura de su maderamen, y era entonces cuando saboreaba el ritmo de los vaivenes de aquellos mechones brillando al recibir los oblicuos rayos de sol de aquella hora de la tarde. Ese era el mejor momento de su día, al sentir cómo la cabellera liberaba bocanadas de aromas florales que subían en espirales al cielo y le aromatizaban el espíritu.

Dito Fernando se percató de que la emoción que le causaba aquella mujer en el último mes había cambiado su forma de ser. Se había vuelto hosco y meditativo por causa de aquellas visiones y efluvios que ocupaban completamente su atención. Estos detalles, además de fascinarle, lo mantenían preocupaban porque lo paralizaban y entorpecían, manteniéndolo tímido, lleno de ansiedad y sin iniciativa. Al comentar de su marasmo con los compañeros de parranda éstos lo tomaban jocosamente y le daban múltiples soluciones machistas para resolver su timidez, aconsejándolo a olvidarse de la joven o llenarse de valor e ir a su encuentro a cortejarla.

—Es sencillo —le decían sus amigos burlonamente—: al pasar la hembra te bajas de la escalera, te colocas frente a ella y le dices: "hola, soy Dito Fernando y estoy enamorado de tu pelo"…

Un día de octubre, los sucesos que ocurrieron durante la contemplación de la fémina por Dito Fernando desde su atalaya fueron diferentes a los treinta días anteriores. Precisamente en esa fecha finalizaba la restauración de la cabellera de la gárgola y debía de desmantelarse el andamiaje de la construcción. Aquel sería su último atardecer para presenciar, desde su palco privado, a aquella extraña mujer de la cual estaba locamente enamorado. Esa tarde el trabajo concluiría irremediablemente dejándolo sin otra oportunidad de verla, de manera que decidió a toda costa bajar por la escalera e interceptar a la joven de sus quebrantos para presentársele y conocerla de una vez por todas, tal como propusieron sus amigotes, y para lo cual hasta había comprado un ramo de flores.

Al llegar la hora de sus tribulaciones se repitió la misma rutina. La desconocida salió del Paraninfo con un sencillo vestido color coral ceñido a su cuerpo y sandalias blancas, cruzó la avenida y atravesó el Parque Central y se acercó al frente del edificio, y transcurrían los segundos mientras Dito se encontraba paralizado en la parte superior del andamio, atarantado por la cercanía de la resplandeciente cabellera de la desconocida que revoloteaba al viento, pavoneándose, haciendo arabescos de mechones castaños y azabaches sobre la frente y alrededor de la cabeza y los hombros, admirándola con la expectación de un halcón inexperto cuando detecta a su presa desde la altura privilegiada y no sabe cómo iniciar la picada.

—¡Qué cosa más bella! —murmuró sin decidirse el arquitecto en el momento que su sueño cruzaba la calle y se dirigía precisamente hacia la acera bajo el tabladillo donde él se encontraba.

—Ahora es cuando tengo que actuar —pensó, mientras se replegaba de espaldas hacia atrás para bajar por la escalera y sucedió el albur, en su prisa por tomar el ramo de flores volteó el cuerpo torpemente, tropezando con la cuña maestra que sostenía la armazón y todo el andamiaje se desplomó estrepitosamente con todo y herramientas y restaurador, quien fue a caer entre maderas y pedazos de estuco en la vereda de abajo, exactamente enfrente de las piernas bronceadas de la mujer de la hermosa cabellera que cruzaba la calle, en el preciso momento en que ella pretendía subir el bordillo de la acera.

El accidente de la armazón fue predestinado para ambos jóvenes. Cuando el ruido y el polvo causado por el derrumbe se disiparon, Dito se encontraba sentado en la vereda en medio de los escombros, viendo directamente la cara de la atemorizada muchacha quien se había tapado la boca con ambas manos por el susto de la caída del armazón frente a ella.

El desbarajustado arquitecto restaurador, desde el suelo, dispuso que aún podía hacer de tripas corazón por lo que decidió hacerse el simpático y tomar la iniciativa. Se levantó de entre el tumulto, sonrojado y con el desflorado ramillete de rosas amarillas todavía en su mano izquierda, se sacudió el polvo de su otra mano sobándola vigorosamente sobre su muslo, tosió para aclarar su voz y dijo despabiladamente a la asustada joven:

—Mucho gusto en conocerla…, mi nombre es Ruido Fernando Vásquez…, y soy el restaurador de esta obra —y tendió su mano abierta, rígida, sudorosa y nerviosa a la sorprendida mujer que lo veía levantarse del suelo a sus pies.

Pasó un instante de silencio que sirvió a ambos protagonistas para acomodar sus ideas a los acontecimientos y enfrentar la situación.

—¿Ruido? —Pensó ella extrañada— ¿a lo mejor escuché mal y su nombre correcto es Guido?... —y reaccionó rápidamente correspondiendo al extraño con una sonrisa al tiempo en que estiraba su delicada mano correspondiendo a la que le tendía el llamado "Ruido"... ¿o Guido?..., ¿o como fuera? De todos modos..., desde varios días atrás la joven universitaria percibía al pasar por el parque la presión insistente de las miradas de su encumbrado admirador y conjeturaba que un día se le aparecería..., aunque nunca imaginó que caería del cielo frente a ella con todo y maderas y un destrozado ramo de amorosas rosas en la mano... y el tal restaurador parecía muy chulo para desaprovechar la ocasión de conocerlo.

—¿Ruido? —le preguntó extrañada mientras le correspondía el apretón y se miraban frente a frente, manteniendo su estrechón de manos—, yo soy Marcela Eloísa.

—¡Sí!..., ¿Ruido?..., ¡Sí..., pero me llaman "Dito"! —contestó el restaurador rápidamente tratando de evitar tener que dar una vez más la explicación sobre su confuso nombre.

El nombre de "Ruido" tenía un origen muy particular. Resulta que al nacer Dito, en el seno de una familia burgués-revolucionaria, después de cuatro hermanas, su padre, el doctor Fernando Vásquez, intelectual de los movimientos políticos liberales de su país, vio la ocasión de su vida para corresponder y honrar a su admirado ídolo y pensador político agradeciéndole por su ilustración ideológica. Este pensador de avanzada era un ex padre jesuita que se había pasado a la guerra clandestina a inicios de siglo, el maestro italiano Guido Maseta, quien había sido guía y bandera en las luchas políticas de su juventud y de cuyos escritos había tomado los consejos para guiar su espíritu revolucionario, hasta convertirse en el dirigente humanista que era hoy en día y, al nacer su único hijo, decidió honrarlos a ambos con tan recordado nombre.

— ¡Albricias! —Gritó a su mujer sin titubeos cuando se enteró que al fin le había nacido un hijo varón.

—Ya lo tengo…, ya estoy decidido con el nombre de nuestro hijo —vociferó a sus familiares— a nuestro varón le pondremos "Guido Fernando" y lo bautizaremos este próximo fin de semana en la Capilla de San Cosme.

El cura Faustino, párroco de la Capilla de San Cosme, se encontraba esa mañana cansado y malhumorado debido a las copiosas lluvias de la noche anterior. El párroco le tenía pánico a las descargas eléctricas y toda la noche el cielo había relampagueado y tronado sin cesar, obligándole a acudir al vino de consagrar para sentirse más relajado y soñoliento. Ese día, cuando vio la lista de los bautizos matutinos se percató que había un niño a bautizar con el nombre de "Guido", viniéndole de inmediato un sofocante bochorno y una ansiedad inusual al leer aquel nombre. Como un acto reflejo signó sus dedos y los dirigió a lo alto de su frente persignándose mientras bisbisaba: *"porla señal delasantacru"*…, luego los cruzó sobre sus labios musitando apasionadamente: *"de nuestros enemigos"*…, terminando su signo palpándose de forma atravesada su esternón, el ombligo y los hombros y terminando en voz alta: *"libranoseñor dionuestro…"*.

—Ya sabía que tarde o temprano me iba a suceder —pensó turbado el sudoroso hombre de Dios luego de santiguarse. El cura tenía una aversión particular por este nombre y nunca había imaginado de qué forma resolvería esta situación anímica cuando se le presentara la ocasión de bautizar a una criatura inocente con ese apelativo impío.

Hoy de nuevo llegaba aquella perturbación a su tranquila existencia. Recordó con pasión el motivo por el cual aborrecía el nombre italiano de Guido, sintiendo de cómo aún después de tantos años su simple mención hacía que aflorara de sus intimidades un profundo odio, que había sido incoado en su alma en tiempos de su madurez seminarista en contra de aquel cineasta drogadicto que había sido el causante de la muerte de la mujer de sus desvelos, de su ídolo femenino del cine francés, la gran actriz y vedette desnudista Bruna Leblanc. La mencionada mujer había terminado su carrera artística de forma violenta, suicidándose durante el filmado de su última película, como producto de los frecuentes escándalos, infidelidades y malos tratos recibidos de parte de su amante de turno, el director de cine italiano Guido Visconti, a quien se culpaba por la fatal decisión de la actriz.

Desde que era monaguillo Faustino había venido coleccionando secretamente, de forma frenética e impulsiva, durante quince años, la más completa recopilación de todas las fotografías, publicaciones y todos los artículos existentes sobre el cuerpo y la vida de aquella esplendorosa y despampanante mujer del espectáculo. Faustino achacaba su conducta prohibida al hecho de ser de "sangre caliente" por haber nacido en un país entre los trópicos y la imagen sensual de "la Bruna" era su única perversión secreta y ésta lo había acompañado en los más duros momentos de la disciplina rígida del Seminario. La existencia de Bruna y su vocación religiosa eran la principal ambivalencia en su conciencia, y al mismo tiempo, eran la fuente en donde el dócil clérigo había encontrado las fortalezas y satisfacciones para continuar con la brutal penitencia célibe de su oficio.

Llevaba compilados siete enormes álbumes plastificados y empastados, adonde guardaba todas las apariciones de la artista en los periódicos y revistas de todo el mundo. Los conservaba ordenados en forma cronológica y con reflexiones personales escritas en letra gótica. La prohibida colección era la obsesión del célibe quien permanentemente se extasiaba con su contemplación para apaciguar los impulsos de su libido cohibida, hasta que un día interrumpió bruscamente la búsqueda de nuevas poses e imágenes renovadoras de la mujer de sus fulgores cuando supo la noticia de la violenta muerte. Desde ese infortunado suceso, a Faustino sólo le quedó la opción de concluir sus organizados álbumes con las últimas y terribles fotos del fatal deceso, las que mostraban a todo color a la diva desarreglada, recostada dentro de la bañera en el cuarto de un hotel barato de Las Vegas, con la tez pálida y su boca carmesí, mostrando el escultural cuerpo parcialmente envuelto en copos de espuma rosada y las piernas y brazos desnudos colgando fuera de la tina, y dos finos hilos rojos de sangre bajando de sus delicadas y cortadas muñecas.

—¡Hoy sí me llevó putas! —exclamó el religioso al escuchar por la radio la noticia del deceso de su Bruna.

Se desconsoló tanto al sentirse nuevamente solo que lo asoló una terrible congoja. Se sintió viudo, divorciado, luctuoso, recoleto, desarraigado, vacío, yermo, abandonado, mártir y separado de su platónica pareja sin siquiera haberla visto nunca personalmente. Con el deceso se había frustrado su ansiado viaje a Roma, —¡Oh, su viaje a Roma!— suspiró lloriqueando— cuando le tocase el turno de asistir al Vaticano para cursar un seminario de renovación clerical durante el próximo verano, que ya nunca llegaría como lo había concebido. Ahora ya no iba a realizar su ensueño de todas sus noches, en el cual se imaginaba él mismo en la Ciudad Eterna disfrazado de paisano, visitando furtivamente aquel espectáculo de media noche en un cabaret de la Plaza *Barberinni*, para presenciar a su Bruna en las tablas, de carne y hueso, a la mitad de la melodía ideal, con la ropa de lentejuelas esparcida sobre la tarima y ella solamente en músculos y brillos y vellos, obscena como siempre, reflejándosele en el sudoroso cuerpo los colores de las luces de la tramoya mientras se contorneaba bailando y agitando su musculoso sexo.

Como escape a su dolor, su terrible tormento dio espacio a que se enquistara en su corazón un celoso deseo de venganza personal contra el causante y, como no podía vindicarse fuera de su estricto ámbito sacerdotal, determinó como represalia que excomulgaría a todos aquellos que se llamaran como el asesino de su Bruna, expurgando de la cristiandad de su parroquia el satánico nombre de "Guido" y, en su oficio bautismal, este maligno patronímico nunca más sería renombrado, porque lo incluiría en un Índex personal con el calificativo de proscrito y diabólico.

—Juro no bautizar en mi vida, jamás..., "*ad vitam aeternam*", a ninguna inocente criatura con este onomástico sarraceno— mencionó solemnemente aquella tarde el sacerdote Faustino, preso del dolor y la desolación, al mismo tiempo que empacaba y sellaba con una fuerte cinta los siete grandes tomos de pornografía sobre Bruna —para no abrirlos nunca más— recalcó— como una forma ceremoniosa de simbolizar el sepelio de la mujer de sus quimeras y dar firmeza a su juramento.

Cuando volvió a la realidad desde sus amargos recuerdos, aquella mañana, trece años después de su desdicha, se percató que la hora del indeseado bautizo estaba cerca y no había tiempo de conversar con los padres que solicitaba tan aborrecible nombre para su niño y explicarles que el bautismo debía ser un exorcismo, y no una posesión, y convencerlos de su nefasta selección. Se sintió miserable, y hasta pensó en hacerse el enfermo para no asistir a la ceremonia para esquivar su responsabilidad, pero su asistencia al acto sacramental era ineludible porque en la misma solemnidad sería también bautizado un sobrino del alcalde de la ciudad y se exigía su presencia en el mármol bautismal. Por la ingesta del vino de medianoche su cabeza daba vueltas y le venían recuerdos fragmentados de su pasión borrascosa; debajo de la sotana le sudaban las axilas con un olor azufrado y así llegó el momento de tomar entre sus manos la cabeza del hijo del intelectual socialista.

Faustino, perturbado porque todavía no sabía cómo cumpliría con su juramento, levantó de la pila bautismal el recipiente con el agua bendita sobre la frente del niño, de pronto tuvo el ocurrente conjuro de cambiar ligeramente el luciferino nombre solicitado de Guido por otro similar y, dada la premura del momento y su acaloramiento interno, no se le ocurrió otra cosa más que simular un error de pronunciación e invocó el sacramento rápidamente y en forma de oración solemne:

—Yo te bautizo con el nombre de "Ruido" Fernando —canturreó el reverendo en voz alta y gangosa— …*enelnombedelpaareidelhiiijo… idelespiritusaaaanto…*

—*Ameeeen* —repitieron cantando los padres y los padrinos, y los vecinos, y los parroquianos, y los monaguillos, y los invitados, y los socialistas unos extrañados y otros sin saber de la equivocación del cura.

Y como la palabra del sacerdote en sacramento era palabra de Dios, así como se pronunció el nombre de Faustino en aquella infeliz mañana, así quedó escrito el nombre en la fe bautismal, por lo que desde aquel momento al niño de los Vásquez se le llamó Ruido Fernando Vásquez en todos los actos de su vida, y como le correspondía el diminutivo de "Ruidito", en su familia cariñosamente le llamaron "Dito".

En medio de los escombros Dito continuó agarrando la mano de Marcela hasta que ella se sonrojó y retiró suavemente la suya, llevándola nerviosamente a la frente para apartar un gran mechón rebelde que le caía sobre la mitad de la cara. Al introducir sus dedos en el cabello, espaciados, como dientes de peineta, y tirar el gran bucle molesto desde la oreja y hombro derecho hacia atrás, el restaurador divisó al instante la cara de la universitaria y, en el mismo momento, de entre el cabello en movimiento escurrió un efluvio de aroma a sándalo fresco que envolvió la cabeza de Dito haciéndolo cerrar los ojos y aspirar lenta y prolongadamente aquella exhalación que desbordaba sus fosas nasales, inundándole los pulmones, seduciendo su corazón y encantándole el espíritu con aquella fragancia que quedaría grabado en su alma buena y lo mantendría atolondradamente enamorado de aquella fea mujer durante toda su existencia.

Por su lado, Marcela había nacido un cuatro de diciembre con una cara sensiblemente fea pero cautivante. Sus facciones no tenían ninguna gracia, cada detalle facial era aislado y nada encajaba estéticamente en su rostro. Sin ser grosera, su fealdad era propia y fascinante; no era una fealdad cursi ni de imperfecciones casuales y tampoco era que simplemente no llenaba los estándares de belleza del momento, sino, más bien, que la dama poseía un rostro decididamente feo en todos sus rasgos faciales —completamente en todos—, los ojos, nariz, pómulos, boca, barbilla, sienes, frente, cejas, labios y orejas parecían estéticamente normales de forma aislada pero en el conjunto ninguno armonizaba en lo más mínimo con el otro, formando una cara totalmente al azar, desconcertante, pero agradable y atrayente. Era llamativamente asonante, los ojos no correspondían con la nariz, ni con la boca; ni la nariz encajaba con el mentón; ni los labios con los pómulos; ni el entrecejo con los cachetes; el perfil izquierdo era diferente al perfil derecho y las cejas y la frente se miraban dispares y apartes. En resumen, su faz mostraba un llamativo caos de facciones desaliñadas.

Pero la fealdad de la cara de Marcela era una característica aislada que formaba parte de su ser. Al ver el conjunto de virtudes de la joven, la única explicación razonable era que su fealdad no era casual, sino que, definitivamente, era un mandato divino por sobre la imposibilidad que la mezcla genética de sus padres hubieran conformado unos rasgos tan perfectamente horripilantes. En el rostro de Marcela se notaba un claro mensaje celestial que nos revelaba y recordaba, indubitablemente, que la fealdad existía y que aquella cara fea con su estrambótico cabello era una prueba de esta verdad, —una prueba más de que había un camino de espinas— y que no era correcto que nos concentráramos solamente en buscar la perfección de lo bonito porque también existía perfección en lo feo, y la disyuntiva entre el bien y el mal era independiente de la polarización entre lo bonito y lo feo. Que no todo lo feo es malo, ni todo lo bonito tiene que ser bueno, porque lo bueno y lo malo lo decidía el hombre culto, mientras que lo bonito y lo feo lo decidían los dioses.

Aparte de aquella fealdad inédita, original y nunca vista de su cara, Marcela Heloísa Martínez era una muchacha llamativa y dueña de un conjunto de bondades: educada, agradable y simpática. Sonriente. Poseía un contorneado cuerpo pero de forma extraordinaria sobresalía su cabello. Un espléndido cabello lacio, castaño oscuro, vaporoso, con brillo propio y fragancioso, que al ondear con el viento mostraba vida propia y matices tornasolados. Cuando movía su cabeza los mechones de cabello se desplazaban al unísono bailando como un tango, en movimientos circulares y vaivenes suaves sin despeinarse jamás y variando de tonalidades según la ocasión, la hora del día y la estación del año, sin desentonar en ningún momento.

Todos la notaban y jamás pasaba inadvertida. Atraía las miradas de la gente que la veían primero a la cara y seguidamente distraían a su cabellera, quedando todos que la conocían asombrados, sin juicio que atinar, al admirar aquella perfecta contradicción entre la excelsa concentración de fealdad en sus facciones y el abundante despliegue de belleza de su cabellera, lográndose el atractivo principal de como la forma de lo melodioso envolvía a lo ingrato, creando la impresión inolvidable del triunfo postrero del bienestar y la simpatía sobre la fealdad.

Se cuenta que, cuando doña Luz Matilde Rosa de Martínez dio a luz a su cuarta hija: Marcela Heloísa, en el policlínico de las monjas alemanas, la novicia que atendió el parto se atolondro, exclamando casi a gritos al recibirla en sus manos:

—¡*Ach, bei Gott!*…, ¡qué criatura tan feea!…

Los demás voltearon a ver a la criatura alarmados.

—¡Y ya viene peinada! —continuó diciendo la partera alemana nerviosamente, porque a pesar de la sobresaliente carita chusca de la recién nacida, con su cuerpo aún cubierto de orina materna, trazas de placenta y demás líquidos vaginales, la cabellera de la niña al nacer aparecía ya peinada y perfumada: su pelito era suelto, recortado y estilizado, esparciéndose el rumor en el hospital de que al nacer la niña de los Martínez ya traía alrededor de su frente una cinta nacarada de terciopelo con un chongo de dos vueltas, como si viniera lista para el bautizo y preparada para conjurar el mal de ojo.

Capítulo segundo: LA IMPORTANCIA DEL CABELLO

`

A Dito Fernando, su trabajo de restaurador de obras de artes antiguas y contemporáneas le había puesto en contacto frecuente, y muy de cerca, con las más sofisticadas muestras de la belleza universal. Conocía de las obras estéticas producidas a lo largo de muchos siglos de actividad humana: rostros angelicales, vírgenes sublimes, seres mitológicos fabulosos, dioses exquisitos, primorosos querubines, santos encantadores, arcángeles y todo tipo de figuras terrenales y divinas de la más pura hermosura y esplendor. En su quehacer había acariciado sus cuerpos puliéndolos, limpiándoles el ropaje, maquillado sus coloridos rostros, devuelto sus gestos históricos, mesurado sus formas épicas, hermoseándolos, revivido, rejuvenecido y restituidos a su belleza original, a la misma expresión que les imprimió el artista en la locura del momento de su finalización artística, al frenesí del instante de su conclusión de hace siglos y conocía por sus estudios el origen estético y filosófico de cada gesto de las obras más bellas del mundo, adonde el arte se definía como la más pura expresión de la belleza y donde los artistas habían dado todo su corazón y su pasión para mostrar el esplendor de las más bellas formas y expresiones humanas y divinas. Sin embargo, dentro de este mundo tan sublime, Dito había encontrado una característica irritante que resaltaba en las manifestaciones del arte evangelizador y era la disminuida consideración con que los diversos artistas habían representado a la figura humana, descuidando y ocultando las formas del cabello de los protagonistas de sus obras, mostrando un irrespeto avieso por los propios personajes y por los espectadores universales de las obras.

Por esa característica cambiante del cabello y por la consideración moral en la cultura monoteísta de considerar la cabellera como un elemento pecaminoso, desde el apogeo del cristianismo, en la mayor parte de las obras y de las ilustraciones artísticas occidentales los artistas se desbordaron en embellecer solamente los rasgos faciales, la anatomía vestida y el espíritu de las imágenes. Exceptuando a la Magdalena, en los retratos religiosos del puritanismo sin belleza, las vírgenes tenían todo el tiempo su pelo rejuntado, desarreglado, mantecoso, desaliñado, desabrido y enmarañado, y los ángeles fueron concebidos regordetes y cachetones, con unos ralos colochos dorados, aislados, sin cuerpo, sin sensación y con las aureolas tan resplandecientes que opacaban su peinado. Los santos cristianos del evangelismo sin arte, también se presentaban siempre con sus cabelleras despeinadas, sucias, tristes, con partículas de arena y coágulos de sangre, sudor y lágrimas.

Tal vez porque en aquellos tiempos las condiciones del aseo personal no fueron fácilmente accesibles, en el último siglo de pintura, la cabellera se cubrió con mantos, mantillas, gorras, cachirulos, velos y largos pañuelos como escondiendo el desorden o el pecado y, a excepción de Boticcelli, no se adornaron los cabellos de las damas sino con simples vinchas, tirabuzones o rosetones que más que adornarlo lo disminuían. También en el mármol, se prefirió la simpleza de la trenza y los mantos en las mujeres así como el pelo recortado y relamido en los varones. Apóstoles, santos, héroes, pensadores, personajes, artistas, genios, científicos y todos los notables representantes de la política, la sociedad, la moral, la ciencia y la cultura fueron perennizados en los cuadros con sus pelos entintados, pintarrajeados, engominados o cubiertos con pelucas, coronas, laureles, birretes militares y mitras, más llamativas que sus propias formaciones capilares, y sólo Rasputín y Einstein, fueron presentados con sus cabelleras naturales y sin afeites.

Por el contrario, en el arte de los tiempos sin la fe de la hoguera, los dioses mitológicos, los semidioses y simples mortales se mostraron más comprometidos con los elementos naturales, enseñándose con sus cabelleras puras, limpias, arregladas, con vinchas del arco iris y guirnaldas de flores, con los mechones expuestos al sol, sus bucles esponjosos, olorosos, y los colochos ondeando al viento con naturalidad y alegría. Los samuráis japoneses y sus múltiples geishas que los circundaban siempre fueron tallados con cabelleras adornadas para simbolizar su linaje. Y mientras las sirenas de Homero ondeaban las cabelleras llamando a los marinos al amor, los fieros guerreros africanos, mongoles y vikingos mostraban en su peinado su fiereza, su riqueza y su rango. Las arpías, las parcas, las furias, las valkirias y hasta las *gorgonas* con sus pelos de serpientes, eran personajes que atraían con su cabello y no repugnaban.

Elucubrando sobre el tema, Dito Fernando había elaborado una peculiar concepción, casi obsesiva, sobre la forma en que llevaban y se arreglaban el cabello las personas. Como un arquitecto restaurador siempre estaba en los andamios y se había acostumbrado a ver a la gente desde arriba, comenzando por su cabeza, desde las alturas de las torres de las iglesias y las cúpulas y frontispicios de los edificios públicos. A las mujeres atractivas ya no las calificaba al mirarlas desde atrás, desde sus pantorrillas y caderas cuando pasaban por su lado, sino que las admiraba desde arriba, cuando paseaban por debajo de su andamiaje de trabajo y las determinaba según la severidad con que arreglaban las melenas. Con el cabello saludábamos al nuevo día y era lo que dios nos veía primero desde su morada en los cielos —creía—, mientras que la vestimenta sólo mostraba la riqueza material.

Conocía de cabelleras mejor que el más observador de los estilistas porque siempre las veía en movimiento, a la luz del sol, donde cualquier imperfección quedaba a la vista del dios que está en los cielos y de los constructores que estaban en los andamios. Notaba desde arriba las angustias que pasaban las personas para adornar y disimular sus debilidades. Observaba los diversos tintes y sus fechas de aplicación, las canas ocultas, los colorantes ordinarios comprados en los puestos de los achines, la escama de caspa, la calvicie déspota, la grasa, la suciedad, el peinado artesano y el estilo profesional, el descuido de las formas, los afeites, trenzas, postizos y adornos de los transeúntes.

Como lo predominante en las relaciones personales era el culto a la cara, las personas solamente se miran de frente y sólo de frente se acicalan en sus espejos, descuidando siempre su parte superior, pudiéndose contemplar desde arriba los peluquines sintéticos de los caballeros coquetos, los artificios desesperados para cubrir la calvicie con préstamos de cabellera de las sienes, los postizos: pelucas, peluquines, bisoñés, colas, trenzas, moños, recortes, particiones y toda la variación de sombreros, gorras y adornos como ganchos, diademas, ligas y chongos, con que la gente pretendía impresionar a los demás y darle atractivo a su personalidad.

Dito había planteado su teoría estética de que el cabello debía de ser considerado como la característica más importante para describir a una persona, por ser su principal elemento de presentación. Una nariz bonita no era más que una herencia circunstancial o una oportuna cirugía, invariable, la misma protuberancia para toda la vida, más una cabellera atractiva era el producto del esmero, del cuidado y el nivel de coqueteo y autoestima de quien lo peinaba. La cabellera era dinámica, móvil, variaba segundo a segundo y la gente tenía la misma nariz toda su vida, y los mismos ojos que al pasar el tiempo y la edad se deterioraban, sin embargo el cabello era lo único que crecía toda la vida y parte de la muerte y se podía cambiar en cualquier momento lográndose mantenelo todo el tiempo juvenil. A Dito le entristecía conocer a las personas que no atendían el valor de la forma de su cabellera y su potencial para adornarla. Creía que la gente valía por su inteligencia y por la espontaneidad en que llevaban su melena, porque este era el único afeite de la cara que requería de cuidado e imaginación y permitía mostrar a cada quien su originalidad y toque personal.

El cabello en todas sus formas: en la cabeza, en la cara, en el sexo, en las axilas, pecho y piernas siempre fue llamativo, excitante, y significaba algo especial en todas las culturas y en todas las épocas de la historia humana. Hasta un ciego podía reconocer la raza de una mujer por la textura de su pelo, si era china, negra, sueca, india o mixtura, porque el creador había diferenciado las razas por la textura, color y cantidad de sus cabellos. Sansón, Lady Godiva, la Medusa, los Sijs y Diana la Cazadora eran más conocidos por sus cabelleras que por sus hechos. A Sierva María de Todos los Ángeles, de García Márquez, le creció la cabellera aún en el féretro.

La Condesa Du Barry no se hizo famosa por la forma de sus caderas que llevaba escondidas bajo duros fustanes sino por lo hermoso de sus pelucas. Absalón, el hijo de David, perdió su carrera, la vida y la batalla por enredar su hermosa cabellera en una zarza; los pieles rojas americanos contabilizaban sus triunfos de guerra con mechones cabelludos de sus pálidos conquistadores y hasta en la majestad de la justicia, los jueces ingleses no pueden emitir sentencias sin vestir sus empolvados peluquines de rollos canosos del color de la sabiduría.

Desde el día que se vieron cara a cara, en aquella dichosa tarde en que se desplomó el andamio, Dito Fernando y Marcela Heloísa supieron que estaban unidos por un extravagante mandato casuístico y que habían nacido el uno para el otro. Se enamoraron perdidamente. La misma fecha de su encuentro fueron juntos a cenar y a hacerse miles de promesas y se vieron diariamente durante los próximos cuatro meses hasta que unieron sus vidas maritalmente en una pomposa boda a la que fue invitada toda la ciudad.

Luego de la boda pasaron muchos años de agradables vivencias entre los esposos Vásquez Martínez, hasta que la familia alcanzó su madurez en la más completa alegría, con la compañía de tres preciosísimas hijas que los llenaban de satisfacción. Habían pasado a ser una familia conocida en su comunidad y frecuentaban los más encumbrados grupos profesionales y sociales del medio. Dito Fernando como uno de los más sobresalientes restauradores del continente y Marcela Heloísa una excelente profesional, esposa y madre.

Sin embargo, a pesar de la felicidad de muchos años y aunque el corazón del marido rebosaba de contento, en la profundidad del cerebro de arquitecto restaurador persistía un sentimiento insatisfecho. Una espina que se hincaba en su conducta por un elaborado rechazo profesional a "lo no bello", al ideal por la perfección de la línea y el ensueño por la armonía de los trazos y los tonos, pulsiones que demandaban en él el cumplimiento rígido de un código de las antiguas sectas de artistas gentiles, históricos, que exigían ante todo el imperio de la belleza…, y urgían a sus miembros a rehusar de la fealdad y principalmente en la desproporción en los rasgos de un rostro de mujer, aunque esta proviniera de una línea natural y original trazada por el dios mismo. Ellos se comprometían a destruir la fealdad, como hicieron los espartanos al despeñarla, o se obligaban a convertirla en una nueva expresión de sublimidad, como hacían los restauradores.

Por mucho tiempo, Fernando tuvo la tentación de proponer a su esposa la posibilidad de cambiarle o modificar algunos aspectos del rostro. Quería desalinear las anormalidades, utilizando las modernas técnicas de la cirugía estética, tan usadas por las demás damas de su sociedad, con el fin de moderar imperfecciones y variar su apariencia física, al mismo tiempo que se rejuvenecían y ocultaban su marchitez ante las miradas críticas de sus amistades y admiradores. Bajo esta visión de rechazo a la imperfección y el fanatismo por la delicadeza, la subjetividad profesional del marido encontró el fundamento científico para el ataque a la fealdad y el ambicioso restaurador decidió restaurar a su esposa.

Fue en la celebración de su décimo año de matrimonio, cumpliendo sus bodas de estaño, que Dito llevó a Marcela a cenar al mejor restaurante de la ciudad y, al tenor de los violines y los finos licores, le propuso su tan pensado proyecto de restaurarle el rostro.

—No debes de preocuparte —le decía animándola— trabajaremos con los mejores especialistas en la materia, usando para ello los materiales biológicos de mejor calidad y las más sofisticadas medidas de seguridad. Haremos cada cambio con los más recientes métodos quirúrgicos en las mejores clínicas, aplicando la moderna tecnología de las escuelas más famosas de estética y salud.

—El diseño final de tu rostro lo concebiré yo mismo —le recalcó amorosamente el frenético restaurador—, yo personalmente me encargaré de buscar los más radiantes rasgos de la belleza pura aparecidos en la historia del hombre, y los armonizaré de tal forma que serás no solamente la mujer más bella del mundo, sino que también la más perfecta y ensoñadora de los últimos tres milenios. Un renacer. El éxtasis de la restauración...

Marcela aceptó el reto y nunca dudó del triunfo del proyecto. Conocía a su marido y de la perfección de sus cuidados y conocimientos, pues para su profesión de restaurador había estudiado hasta la saciedad el arte de todos los tiempos y la filosofía de la belleza, la ciencia de la hermosura, geometría, gamas, los materiales, los matices, las técnicas y proporciones, la decoración, fisionomía… y dominaba todos los conocimientos

de las escuelas estéticas existentes desde Altamira al fotorrea-
lismo, desde la Mesopotamia hasta América y desde lo clásico
a lo abstracto. Sabía que como restaurador, Dito dominaba
las mejores prácticas de la restauración de la belleza y el cambio de estilo y podía trastocar cada cosa correctamente, como
modernizar el arte gótico, o convertir un *Picasso* en un *Renoir*,
o un *Van Eyck* en un *Tiziano*, o un *Schiele*, o transfigurar la
pirámide en un *Taj Mahal* y convertir una calabaza en una
elegante carroza con tan solo un *Bibidi-babidi-bu...*

Para asegurar que el proceso quirúrgico del cambio de las
facciones diera los mejores resultados, Dito trabajó ardua-
mente durante los siguientes siete años estudiando y consul-
tando todas las técnicas de cirugía y transformación de rasgos faciales existentes en las ciencias ocultas y modernas de
la historia; se alistó en seminarios, aquelarres, cursos y congresos especializados en las mejores clínicas y universidades;
visitó, entrevistó y consultó médicos, magos y cirujanos de
fama mundial y mantuvo correspondencia con los principales científicos sobre el tema. Asistió a múltiples operaciones
estéticas, ceremonias esotéricas, rituales de transfiguración y
visitó a los pacientes de estas transformaciones para conocer
sus reacciones y los procesos de recuperación y adaptación
post-procesal.

El diseñador visitó pinacotecas, museos, bibliotecas, escuelas
de arte, colecciones privadas, agencias de modelaje, iglesias,
centros de estética y espectáculos frívolos. Coleccionó fotografías de las principales estrellas cinematográficas desde los años
30 revisando cientos de películas y repertorios de modelos para tomar medidas y seleccionar las formas más descollantes
y el encaje de las líneas de los rasgos más bellos encontrados.
Construyó modelos, prototipos, moldes, maquetas, perfiles
tridimensionales y ejemplares sobre la base de las feas características de la cara de Marcela, para escoger al detalle las más
lindas combinaciones que presentó a conspicuos jurados del

arte, especialmente elegidos para la selección final de los elementos estéticos más calificados.

Con vistas al diseño final de la nueva cara, instaló una gran computadora en su oficina programada especialmente para establecer y controlar, paso a paso, el proceso de diseño y la metamorfosis facial en la recuperación de la belleza de su adorable esposa. Almacenó en un gigantesco banco de datos todo el arte conocido: religioso, clásico y profano, además de las formas existentes en el ámbito plebeyo y artesano; se compiló en la máquina las líneas y perfiles superlativos más sobresalientes, las mejores y placenteras composiciones y los rasgos más admirados para que el ordenador seleccionara miles de bellos rostros con las mejores combinaciones posibles de semblantes magníficos, sublimemente articulados, y que separara la inmejorable alternativa de un rostro impecable de los más perfectos concebidos por la humanidad.

Capítulo tercero: EL DISEÑO, EL EMBELESO Y EL FINAL

Al contado de tanto estudio y esfuerzo en su empeño y embriaguez, Dito Fernando Vásquez sintió que había comenzado a perfilar el rostro más perfecto jamás visto he imaginado por la naturaleza. Fue así que una madrugada de primavera, siete años después de aquella decisiva cena con su Marcela de cuando acordaron realizar el proyecto de cambio de cara, Dito se encontraba eufórico por haber concluido los quehaceres con un diseño perfecto —ni el Altísimo— para la restauración del malcarado semblante de su esposa. No había más que hacer, ni existía algo comparable: había conjugado los más sofisticados elementos estéticos femeninos que pudiera existir en los cielos y en la tierra, en lo real e imaginario, en los mundos divinos y los espacios humanos, en la física y metafísica y conocidos en toda la historia habida y por haber. Era una obra magistral: mitológica, quimérica, fabulosa…; todo encajaba con la mayor exactitud. Su ego lo hacía sobrepasar a los mejores artistas —había superado la genética misma de la naturaleza—, su diseño facial era casi una revelación y hasta sentía un temor blasfemo de pronunciarse en el sentido de haberle arrebatado a los dioses el don de la creación y el privilegio de la belleza.

—Ni Eva ni Artemisa, ni Helena ni Afrodita, ni Mama Ocllo, ni Quilla, ni Durga, ni la Perricholi…, pudieron haber

prexistido más guapas ni tan sublimes —pensó para sí, febril-
mente—, ¡creo que ha nacido una nueva diosa!

—Total —propuso en tono mundano para atenuar sus temo-
res—, ¡manos a la obra!, que poseeremos la cara más preciosa
del mundo, que, con su bella cabellera y lindo cuerpo será el
mejor deleite que pudiera desear y tener cualquier mortal en
su estirpe, para mostrarla a las amistades y a todo el universo.

Las operaciones tomaron tiempo y paciencia pero la pareja
conservó siempre un esfuerzo constante y el mejor optimismo.
Los implantes y trasplantes eran dolorosos y altamente peli-
grosos de infección, por lo que la paciente tenía que pasar bajo
el efecto de poderosas drogas, encerrada en clínicas asépticas
de centros especializados en varios países de tres continentes.
La fisonomía de Marcela fue sometida a cambios extremos,
alisados y aplanados de la piel del cutis; injertos, remociones,
aserrados y raspados óseos para dar nuevas formas a los huesos; añadidos, endodoncias, prensados, radiaciones, dietas,
tratamientos, cultivos, liposucciones, ortopedias y un sinnúmero de procesos y técnicas de homeopatía, acupuntura, hi-
droterapia, sanación, radiestesia y muchas otras terapias, para
completar las diversas exigencias de las cirugías plásticas y los
procesos post operatorios.

El cambio de facciones según el diseño era radical. Se comenzó modificando un resalte en la barbilla para conformar
la cara con el denominado "perfil latino", similar al de las jóvenes asturianas, de modo que si se colocase una regla recta
entre la punta de la nariz y la punta del mentón quedase el
suficiente espacio entre la regla y los labios, como para esti-
rarlos y tirar un beso al aire. Para esta prueba, la boca tendría
que ajustarse a las dimensiones y carnosidades correspondien-
tes al trazo y volumen de los labios de una deidad pagana del
mediterráneo, la diosa de la belleza y del amor. Además de
modificar el perfil, la mandíbula se alargó y se ensanchó con
trasplantes óseos provenientes del hueso peroné, para alinearse

lateralmente y que correspondiera al largo y elegante maxilar creado por los adeptos al *prerrafaelismo*, para luego encajar las líneas del mentón a un rediseño de forma ovoide, como el de la *Reina de Saba*, y que el conjunto conciliara con el resalte de las curvas labiales de *Diana la cazadora*.

La reconstrucción de la parte central de la cara: la nariz y la boca, sería el eje estético central alrededor del cual girarían las otras gracias faciales. Este conjunto fisionómico sería reconstruido siguiendo una mixtura de las más esplendorosas y delicadas líneas de *Leonardo*, de *Dalí* y de *Cnide*. El gesto de la boca sería similar al de Leda al ser acariciada por el cisne; el cuerpo carnoso con los labios azafranados imitaría el mármol de Milo y todo el grupo asemejaría la simbología erótica de los pomos de cristal de las esencias del pintor surrealista, modificando sus comisuras como las de *Psiquis* en la Alegoría de *Bronzino* y lograr una expresión gitanesca de alegría.

Internamente se remoldó la órbita de los ojos, agrandándolas y rasgándolas, y se estiraron sus músculos ópticos para acomodar de nuevo los globos de forma más reposada y separada, como los ensoñadores ojos de la Venus de *Urbino*, matizando el contraste con trasplantes de diáfanas pupilas color verde jade, calcadas de la mirada de la figura central de La Amada, de *Rossetti*.

La formación general externa de los órganos de la vista llevaría diversas imitaciones de los más bellos elementos estéticos humanos y artísticos conocidos. Se dibujaron los contornos ópticos creados por el *Tiziano*, las pestañas de *Cleopatra*, los párpados de la Bella Jardinera de *Rafael* y las ojeras violetas de la *Mesalina*. La parte superior de los ojos se remedó de la mejor imagen existente de la *Virgen de Medjugorje*. La frente, como un morro amplio entre la cara y el ya maravilloso pelo que tenía Marcela, debía de mostrar las cualidades de lozanía y altivez encontradas en la frente de la bella madre de *Sarah Bernhardt*. En medio de este conjunto, se mostraría el entrecejo de la triunfal *Galatea*, la nereida amada por *Polifemo* y pintada por el *Sanzio*.

La nariz, modificada a lo largo de su perfil, obedeció a dos prototipos religiosamente diferentes para acoplarse al ceño y a la maxila. El puente se unió a la frente siguiendo el perfil de la Virgen eslava y su punta respingada correspondió a una diosa pagana, hija de *Marte*, y ambas líneas encajaron con perfecta continuidad, como si hubiesen sido parte de la misma deidad.

Se le injertaron almohadillas de silicona y placenta de alpaca nonata para conformar su frente, según las curvas de la cara de la hermosa madre de la actriz europea de mediados del siglo pasado, diseñadas por un investigador estético que revisó cientos de fotografías y documentos de la época para aprobar la imitación.

La dentadura estuvo completamente alambrada por tres años, con frenillos graduados para forzar su reforma bucal y adaptación de las prótesis, modificándosele el paladar y la fosa incisiva con platino iridiado para acomodar el conjunto al diseño bucal exterior. En la restauración dental le extrajeron nueve piezas propias, reponiéndole los dos caninos superiores y los cuatro incisivos frontales con postizos adquiridos en un banco de biodentaduras, todo en una sola operación odontológica que duró noventaisiete horas seguidas siguiendo una nueva metodología soviética. Los labios se rellenaron con cartílago gelatinoso y las encías fueron recortadas y reformadas, cambiándoseles la pigmentación por un rosado más pálido, como la rosa te. Asimismo, el esmalte de toda la dentadura fue aporcelanado en hornos especiales hasta lograr un tono de nácar similar al de las ostras del Golfo de Fonseca en el Océano Pacífico.

Un equipo de cirujanos suecos se encargó de modificar y alterar toda la masa muscular y adiposa de los feos rasgos originales de la cara, formándole y activándole nuevos gestos y muecas impuestos por los estilistas según el diseño del restaurador. Injertando adiposidades le configuraron nuevas facciones en la frente, pómulos y papada de la dama y le moldduraron los cartílagos de la nariz y las hélices de los oídos para acomodarlas a sus nuevas formas. Según el diseño celestial, fue necesario cortar y remodelar los pabellones de las oreja con el propósito de imitar los lóbulos de *Anastasia*, la zarina, habilitándolos con un simple agujero para colgar los diamantes más brillantes de cualquier reino.

El recuadro de su cara lo bordearían el bello cabello natural de Marcela y la nobleza de las líneas de un mentón idéntico al de la cara de la soberana árabe que entregó el Santo Grial a *Salomón*, rellenándose la masa facial restante, además del conjunto de los clásicos, con los carrillos de la *Marilyn Monroe*, los pómulos de la *Perricholi*, el semblante de *Pallas* con el Minotauro y finalmente, el atractivo mágico de la *Rosario* del poema nocturnal.

Una vez realizados los principales cambios morfológicos con las más delicadas intervenciones quirúrgicas, se reunió un equipo especial de artistas, cosmetólogos, cirujanos, decoradores, historiadores y sociólogos para plasmar en el nuevo rostro el delineado de los pormenores exigidos por los gestos y la mímica, así como los complementos de los rasgos, los tonos y sombreados, las expresiones, comisuras y decorar con los últimos detalles y minucias lo que debería ser la belleza femenina ideal y dar con esto el retoque final a la obra.

Para la expresión le redimensionaron los músculos risorios para que mostrase una nueva expresión de alegría, similar a la de las alegres gitanas fandangueras, modificándose también las ramificaciones de la carótida con el intento de cambiar el flujo de la irrigación sanguínea en las áreas del cutis sometidas a manifestaciones de rubor. La papada fue eliminada y se torneó el cuello en una horma larga y elegante, tipo ganso, como el de la esfinge de *Nefertiti*. La piel del rostro fue alterada totalmente para dar un fondo estético propio en el cual destacasen los nuevos rasgos fisonómicos. El fondo de la piel facial de Marcela se bronceó de forma perpetua, sustituyendo su cromatina con colorantes permanentes estimulados con radiaciones infrarrojas. Se coloreó todo el cutis, pigmento por pigmento, con tintes faciales y se arreboló con los alegres matices de las doncellas de *Tiziano*. Este nuevo matizado requirió la modificación de los tonos de la cara con depilados, cauterización e injerto de nuevas vellosidades, el grabado de grupos de pecas y lunares para el sombreado estratégico de ciertas áreas que pronunciarían los detalles y contrastes de las bellas nuevas facciones. Artistas cosmetólogos delinearon con tatuaje de disímiles colores los pormenores sobresalientes de las comisuras, bordes, deslindes, resaltes, arrugas y pliegues; se inyectaron espesas sustancias subcutáneas en los pómulos para resaltarlos y darles el aire lujurioso de la amante del Virrey *Amatt*, y en las mejillas, se imprimió el toque llamativo y rubicundo de la fallecida actriz norteamericana.

Con las últimas intervenciones se retocaron las cejas y los arcos cigomáticos mientras que el alargamiento del maxilar inferior, que fue la primera operación para dar forma al mentón latino, sanaba del todo y así, sucesivamente, los tratamientos y terapias post operatorios concluían de manera satisfactoria y se iban develando paulatinamente sus rasgos frescos. En la medida que las cirugías cicatrizaban y la piel volvía a su estado normal, se desvanecían las cicatrices, se disipaban los moretones y se aliviaban las inflamaciones de la cara de Marcela y ésta iba adquiriendo la nueva forma.

Cada día la ansiosa mujer se miraba parcialmente bella, por partes, por parches; primero la quijada, después un ojo, luego los dos ojos, posteriormente el arco de la nariz y luego la punta y sus orificios. Al tiempo ya tenía forma todo el conjunto de los ojos y la nariz, mientras disminuían las inflamaciones de la frente y los pómulos, tomando la cara poco a poco su aspecto final.

Con las mejoras anatómicas, Marcela comenzó también a experimentar grandes cambios en su personalidad, llegando hasta apachurrar su tierna espiritualidad con una agresiva consideración doctrinal de la belleza total como el valor absoluto de su existencia. Con recomendaciones de los mejores modistas y joyeros cambió plenamente su ajuar y vestuario con prendas de la más alta costura, para acondicionarlo no solamente a sus nuevas formas, gestos y tonalidades sino que también a las características de los personajes de sus famosos rasgos: diademas egipcias, camafeos ingleses, túnicas griegas, blusas aterciopeladas, vestidos ceñidos y modas sugestivas. Abundaba en prendas elegantes de todo corte, diseños exóticos y llamativos y cualquier tipo de ropaje de los más finos tejidos; adornos de los más preciosos metales y aromas de provocativas esencias y perfumes, complementando perfectamente las combinaciones que daban el toque excepcional a la más perfecta imagen de una nueva diosa de la hermosura.

En su nueva vida, después del hechizo de la bella Marcela, la pareja remodeló sus aposentos para incluir un gran camerino, con espejos de pared a pared, y lunas en el techo para verse desde todo ángulo, al servicio del arreglo personal de la esplendorosa dama. Se reconstruyó las áreas sociales de la residencia acondicionando los aposentos donde la bella se mostraría al múltiple público que la visitaba para contemplarla. Contrató un grupo de estilistas, modistas y maquilladores de cabecera para que la asistieran permanentemente en los asuntos de su apariencia. Un relacionista público y un gerente de figura atendían su agenda de conferencias, presentaciones y citas fotográficas, así como la administración de sus múltiples divulgaciones y contratos de publicidad.

Durante la última semana de la transmutación, el rostro estuvo cubierto con una mascarilla de lodos con cenizas del Vesubio, mezclados con esperma de abeja zánganos, para vigorizar, reblandecer, hidratar y nutrir la piel. Al lavar esta máscara con baños de vapor de aguamieles y aspersiones cremosas, se quitó el último velo y la nueva Marcela agitó su cabello recortado en capas para que cayera naturalmente sobre la frente y los hombros y, en ese mismo instante, frente a las cámaras de televisión y un público selecto, les fue dado a los presentes contemplar el rostro más perfecto, más armónico, mejor dimensionado y espléndido jamás visto ni imaginado.

Ni en la historia, ni en el arte; ni en los ricos salones ni en las populosas calles se tenía noticia de una cara tan divina y sublime como la de Marcela Martínez de Vásquez, después del milagro y el embeleso logrado por su marido restaurador. Había nacido otra Venus. El mundo codicioso por lo bello, que seguía los acontecimientos de la transformación desde hacía varios años quedó anonadado al conocer la prometida cara final. Era espectacular y fue calificada como algo fastuoso, nunca visto.

La prensa, la televisión y el cine se aglomeraban para obtener los retratos, filmaciones y dibujos del espléndido rostro de aquella mujer, de su cabellera, su porte y de su elegancia. La industria perseguía su imagen para sus productos y comerciales; las sociedades artísticas daban sus opiniones y los científicos disertaban sobre tan nombrada metamorfosis. Marcela era perfecta. Completamente bella. Su linda cara se publicó en los periódicos y revistas de todo el mundo y su caso médico se estudió en todas las universidades de medicina. Se convirtió en el ideal que toda mujer quería para sí y el nombre "Marcela" se utilizó en la designación de los más elegantes salones de belleza en las principales ciudades de la moda mientras su cara y cabellera adornaron la publicidad de los más sofisticados productos de la industria de la estética femenina. Dentro del mundo del glamour, aquel rostro fue considerado como el nuevo prototipo de la belleza para el próximo milenio.

Desde que decidieron con su marido la total restauración de su cara, en su última cena conyugal, habían pasado ya once largos años para culminar el proyecto: cinco años en el estudio y el diseño, dos años en exámenes clínicos y preparaciones previas, tres años en operaciones y cirugías y un último año en convalecencia y retoques cosméticos. A partir de ese momento, por fin, en menos de seis semanas, ya mostraban a todo el mundo su triunfo sobre la estética y los mandatos naturales, embriagándose de gozo y celebrándolo con el mejor champán que existía, mientras su correo se llenaba de solicitudes millonarias de parte de diseñadores y agentes de modelaje que pretendían pagar enormes sumas por una foto de Marcela, para que luciera las más valiosas joyas, o para que publicitara sus afeites y cosméticos, o la querían con su expresión de alegría gitana acompañando al uso de un producto u otro; e incluso tenía millonarias propuestas de las revistas de caballeros, proponiéndola para llenar la página central de su edición especial de fin de siglo, sonriente, desnuda, cabalgando un corcel como la Lady Godiva, con su cabellera larga cubriéndole los senos y una diadema de plumas de topacios que resaltaran el sensual perfil izquierdo de su esplendoroso nuevo rostro —mixtura de la aleación de la Madame, Artemisa, Afrodita, Leda, Venus, Diana, Psiquis, Marilyn, Micaela, la Prometida, Cleopatra, Messalina, Pallas y Rosario.

A partir de su segundo gran debut habían pasado ya cuarenta vertiginosos días en la vida de aquella despampanante mujer, desde su nuevo nacimiento todo parecía esplendoroso, ella era lo más importante en el mundo femenino, rebuscada, engreída en su medio social, asediada por el universo artístico y solicitada por el mundo empresarial. Tenía ya todas las posibilidades de tener fortuna, de hacerse muy rica. Entre tantas veleidades y adulaciones se había empachado de guapencia y comenzaba a sentir la tentación de Dorian Grey, de mantenerse siempre en el pináculo —no importaba a qué costo— para no desmejorar jamás y ser para siempre tan sublime, como la mejor atracción de la estética y la belleza.

El violento cambio en las formas trajo consigo una alarmante transformación espiritual que no pasó inadvertida al marido restaurador, quien como exhaustivo investigador medía paso a paso las transformaciones de "su criatura". A pesar de que el embellecimiento de Marcela la tenía esplendorosa, el restaurador se dio cuenta que, con el nuevo rostro, su esposa había dejado ser en su interior la persona proverbial que siempre conoció. Había perdido su encanto e inocencia. Su guiño, su sonrisa, su bochorno y su galanteo ya no eran los de ella. Con velocidad vertiginosa su cuerpo se convirtió en un espacio público y la administración mercantil de sus bellísimas formas, le habían hecho conocer insospechados horizontes de ambición, hasta aceptar contratos cada vez más gananciosos y atrevidos para la explotación de su exótica figura, alejándose totalmente de sus pasadas y juiciosas experiencias acostumbradas en su apacible vida anterior al cambio, de simple mujer, esposa y madre con todo bonito y cara fea.

Hacía un año y tres semanas que Marcela no veía a sus hijas por la constante atención a sus rasgos, a su imagen, a las cámaras, las demostraciones y entrevistas para comercializar su belleza. La presión de su vertiginoso debut la había obligado a suministrarse algunas drogas para poder resistir hasta veinte horas diarias de frenético modelaje y cumplir con sus nuevas obligaciones como la mujer más bella del milenio. Su alquimia había sido exitosa, pero no solamente había transformado la materia, sino que del mismo modo, le había trastocado el alma y la atención conyugal y maternal para con Dito Fernando y con las tres hijas ya no existían en la agenda de la exuberante dama.

Cuando Marcela solicitó un entrenador para aprender equitación fue que se evidenció el cambio sustancial en su comportamiento y provocó que Dito revisase su diseño nuevamente. Algo había quedado olvidado en el proyecto. Algo se había pasado por alto y el proyecto tenía sabor a fracaso. A pesar del triunfo de haber dado vida a una nueva diosa este había sido pírrico y convertido en un chasco familiar, estando la falla en la ambición ciega por competir contra dios y sus criaturas al inflar lo secundario y sacrificar lo primario.

Dito se dio cuenta tardíamente que la verdadera armonía no era más que un balance entre lo interno y lo externo y no entre la cara y el pelo. Con los esplendorosos cambios objetivos de la cara se había desentonado la sublimidad interna y el espíritu se había llenado de vanidad, codicia, futilezas y ambiciones, despintándose la dulzura y tersura del alma como un todo. El restaurador se sentía ahora desdeñado, agónico y perjuro cuando meses atrás se había sentido ostentoso e inmortal. El arquitecto había incursionado en los ámbitos que son exclusivamente del dominio de los dioses, de forma prepotente y blasfema, exigiéndolo todo perfecto cuando el creador sólo daba la belleza en pequeñas dosis para que el alma no se corrompiese. Se habían usurpado los derechos del creador y la cadena tenía que romperse por cualquier eslabón. El error había sido imponer la tecnología a la sencillez de la naturaleza y no consultar al espíritu. El restaurador se olvidó del detalle que la cara de su mujer era obra del Creador y que el oficio del restaurador era embellecer la obra de los hombres y no interferir desfigurando las formas hechas por Dios. Dito no tenía permitido cambiar el color de las mariposas de la noche solamente para que se acomodaran a las tonalidades que exigía la moda del momento, ni podía eliminar el horrible cuerno del rinoceronte, ni modificar las patas del avestruz. Sólo la soberbia del hombre lo quería todo lindo, y aunque cambiar la armonía de un ser embelleciendo su cara, no era tan simple como devolver el brillo a una lámina de pan de oro o rebarnizar un atrio ahumado por los cirios de cien años de creyentes, su proyecto de embellecer a su esposa estuvo pleno de arte, tecnología, ciencia, decisión y pensamiento pero le faltó respeto, le faltó humildad y le faltó conocer la propia dimensión humana.

Aunque Dito podía embellecer la cosmética exterior de las obras hechas por el hombre el rostro humano había sido perfeccionado por el Creador, no de forma aislada, sino que en combinación con el espíritu y en este conjunto se confundía lo bueno, lo feo, lo permitido, lo bonito, lo prohibido y lo malo. Posiblemente los rasgos de la primera cara femenina que existió desde el génesis, fueron similares a los que vio por primera vez la monja alemana que atendió el parto de Marcela. Ninguna diosa nació completamente feliz, sino con su despropósito incluido en su belleza: Eva nació linda pero traía consigo el pecado original; Venus por bella, fue poseída por su dios; Diana fue hermosa pero machorra y no conoció de varón alguno; Helena nació de un huevo adúltero; Isis y Mama Ocllo practicaban el incesto divino y, la diosa *Durga*, además de tener ocho brazos vestía como travestí.

El restaurador se disculpó con su esposa por sus reflexiones cuando le lamentó sus yerros. Le manifestó que el cambio de la estética de los rasgos de su cara, desde un grado extremo de feísimo al bellísimo, no había sido un hecho simplemente cosmético sino que era un asunto esencial, que había contradicho el mandato original e intuía que la naturaleza, con su sabiduría, haría lo imposible para regresar a su humilde primer equilibrio.

Marcela se percató del atolondramiento que había generado su nueva forma y se percató que sus hipócritas admiradores solamente la llevarían a un pantano, del cual, le sería imposible salir y quitarse el fango salpicado por su vanidad. Sintió que había dejado de ser especial por poseer algo feo, y que ahora, por ser completamente bella, comenzaba a convertirse en un objeto común porque ahora ya tenía lo que todo mundo esperaba que tuviese.

Después de solamente cuatro horas de descanso, en el despertar del cuarentavo día desde su resurgimiento, la guapa dama abrió sus diáfanos ojos de Venus con la conciencia llena de terribles contradicciones internas y premoniciones. Compartía la opinión de su esposo que su conversión no andaba bien y que algo estaba por venir apresuradamente. Solicitó estar sola y se ensimismó durante todo el día en un examen de conciencia sobre su nueva vida, y el desamor que su embeleso causaba en sus querencias. Marcela comprendió que, en su imagen actual, la vibración de las formas superficiales no concordaba con las oscilaciones de sus formas interiores. Por fuera era totalmente espléndida y codiciosa pero su alma seguía vibrando con una longitud de onda determinada por el balance cósmico original: —entre lo muy feo y lo muy bonito—, tal como habían sido su cara y su pelo al nacer. Se sentía cada vez más poseída por su nueva personalidad y luchaba para que no la absorbiera completamente y perder sus virtudes. Concluyó su meditación con la aceptación de que, para salvarse tenía que sacrificar algo y la solución era volver a un balance entre las decisiones de mantener su bello aspecto exterior y enroñar su alma o mantener la pureza interior y enroñar su físico engreído, por lo que lanzó una plegaria a las fuerzas del bien para comunicarles sobre su disposición al sacrificio y que decidieran sobre el final más justo para ella y el alivio de todos.

Entonces el alma de Marcela se inclinó por sus hijas y el esposo, y en vista de que toda la agitada aventura se había realizado por amor, predominando el corazón y la buena fe, sobreponiéndose las virtudes cardinales a la vorágine de la belleza mundana, las fuerzas celestiales tuvieron compasión por mantener la integridad de aquella alma y optaron por desperfeccionar su naturaleza externa. Además, como el atrevido éxito del restaurador en la mutación de las facciones de la mujer había sido tan perfecto, había anonadado a los dioses y ya no se podía deshacer lo hecho, ocurriendo que, desde un monte divino, Temis niveló su balanza con la sentencia de dejar intacta aquella linda cara y restablecer la armonía en Marcela afeando su cabello.

Al cuarentaiunavo día en la mañana, cuando Marcela se sentó frente al espejo tridimensional, en su cómoda atestada de pomos de perfumes, y acudió a ella el séquito de especialistas estéticos para aplicar su primer maquillaje matutino, al cepillar su cabecera vieron con extrañeza unos mechones sueltos de pelos vanos y descoloridos que se entremezclaban con las suaves cerdas de camello del lujoso cepillo. Inmediatamente los especialistas le aplicaron un empaste de placenta y manzanilla más, al día siguiente, al tomar su baño de lácteos, observó múltiples hebras de cabello enredados en el sifón de drenaje de su tina de inmersión, notando igualmente un alarmante sinnúmero de pelos machos, resquebrajados, que yacían en la funda de seda de la almohada ortopédica de la diva y una extraña capa de partículas de caspa en su peineta de carey.

La "vendetta" celestial se puso en marcha. En los días siguientes Marcela experimentó un gran deterioro en las condiciones de salud de todas las pilosidades de su cuerpo, exceptuando sus cejas y las pestañas, que continuaban tan radiantes como las de la virgen de los Balcanes y la emperatriz egipcia. Su tan preciada cabellera se dañó completamente y hasta el pubis se volvió lampiño e insípido. Su pelo se caía por mechones dejando lunares vacíos en diferentes lugares del cráneo. El cuero cabelludo se llenó de pequeñas llagas y carachas de psoriasis, de las que se desprendía escamas blancas y verduscas sobre sus hombros, sobre su frente de corte inglés, y sobre el canto de su nariz helénica de las que emanaba un desagradable olor que atraía a los mosquitos de las frutas y a los zanates.

El otrora radiante cabello de Marcela lucía vano, mustio, disparejo, raído, descolorido, opaco y enfermizo. Una semana después su linda cara destacaba solitaria sobre su largo cuello en una cabeza sin cabellera, solamente con mechones aislados, desteñidos, que caían enmarañados y ensortijados de forma rala, discontinua, dejando a la vista un cráneo rosado, escamoso, roñoso y seroso, que afeaban su tan divino rostro. Trató los mejores médicos y especialistas capilares y dermatólogos, —pero su desorden no era físico, sino espiritual—, y no logró con ellos ninguna mejora a sus quebrantos. Intentó cubrirse la mollera con pelucas y prestados pero su salud empeoró porque, por un hecho inexplicable el cuero cabelludo le reaccionaba con una alergia múltiple, purulenta y febril, a cada intento por tratar de cubrir y esconder el destrozado cráneo o tratar de complementar su melena con materiales postizos e inertes. Lo único aceptable por su organismo, fue el uso de pañuelos de seda de *Chetziang*, de color natural, beige, sin colorantes, que tuvo que vestir Marcela por el resto de sus días para enmarcar su lindísimo rostro de diosa contemporánea.

Inmediatamente de su quebranto, la guapa señora aceptó con humildad su nueva condición de mujer con cara bella y feo cabello, reviviendo el culto a su familia que había abandonado en tanto tiempo de años de ensueños y vanidosas satisfacciones.

Dito Fernando aceptó el castigo y las consecuencias imprevistas de su blasfemia ética, por haberse engolosinado queriendo manipular los resabios del alma con tecnologías vanas. Como responsable de todo el proceso metamórfico, entendió que no tenía el derecho de realizar transacciones con las unidades básicas de la vida y que, en su demencia, había jugado con valores del alma que no eran producto del ingenio humano y que estaban todavía fuera de los límites de nuestra ambición. Que su arte y su ciencia sólo procuraban lo bueno, lo bonito y lo cómodo, porque eran producto de la capacidad humana y no productos de la creación, la que buscaba un balance obligado entre las fuerzas de lo opuesto. Si todo fuera bonito y no existiese lo feo, tampoco existiría lo bonito porque a lo de arriba lo soporta lo de abajo y el día sólo aparece después de la noche.

En otro lado de la ciudad, frente a la Plaza Mayor y a la Universidad, en el frontispicio central del edificio de la Alianza de Ultramar, las cagadas de las palomas habían deteriorado completamente la forma de la linda cabellera de malaquita de la gárgola con cuerpo de sirena, convirtiendo su elaborado peinado en una masa pétrea con forma similar a un penacho de plumas, veintiún años después de la rectificación hecha por el arquitecto restaurador don Ruido Fernando Vásquez.

Síntesis resumida
de la biografía del héroe,
valga la redundancia

Salí destemplado de las preciosas oficinas del Director ejecuti-
vo de la Gran Editora Cultural del Estado, de mi país, ubicada
frente al atrio de la Universidad Literaria. Afuera, caminaban
a paso rápido estudiantes y profesores cargados de libros y cua-
dernos, protegiéndolos bajo el brazo o por la sombra de sus
paraguas, por una suave llovizna que caía anunciando el inicio
de la época de las tempestades.

La lluvia pringó mis lentes con brizna de garúa y recordé
vivamente que, desde el final de la estación lluviosa anterior,
había solicitado mi entrevista con el Director de la Editora gu-
bernamental y éste me había hecho esperar un año —¡carajo!
¡todo un año!— cuatro estaciones: otoño, invierno, primavera
y verano, para atenderme solamente por 60 minutos, de los
cuales 50 se los pasó hablando por teléfono, y al final, tan sólo
conseguí que el muy cretino aprobara que todo mi trabajo se
publicara en un corto resumen, resumidísimo y concentrado,
de la biografía de uno de los hombres más importantes de la
historia.

Esa húmeda mañana, después de esperar tres horas en la
recepción releyendo viejas revistas y viendo las hermosas piernas de la secretaria del funcionario, las que ella mostraba di-
simuladamente sin cesar, me encontré lleno de esperanzas en
aquella amplia oficina del Director de la Editora Cultural, un

recinto que olía apropiadamente a papel periódico y a polvo de documentos, a humedad, a café recién tomado y a restos de un buen cigarro puro caribeño.

Cuando el Director me recibió me decepcioné. Se veía ahí sentado con aspecto de currutaco, y mi esperanza sucumbió. Era rubicundo, con un peluquín engominado y un fino bigotillo entintado en negro que bajaba como derretido desde sus fosas nasales y bordeaba hacia ambos lados su labio superior eran sus pilosidades; lucía en el costado de su nariz, y bajo los aros de los lentes imitación carey, un sobresaliente lunar averrugado y ambarino, elementos que definían la personalidad de aquel hombre tan importante para la literatura nacional, quien no había escrito jamás una palabra, pero ostentaba un título de periodista "ad honorem", le decían "Doctor" y era miembro de una familia de conocidos diplomáticos; regordete, vistiendo un terno y chaleco gris oscuro como los doctores en Derecho, con una corbata con los colores del partido y una sonrisa de pendejo conocedor, con la cual hacía ver que me recibía por obligación y no por importarle el motivo de mi visita.

—Tome usted asiento, por favor, y expóngame el motivo de su presencia —me dijo muy fino, señalándome una silla frente a él y mostrando su grueso anillo con piedra de rubí. A su espalda, en la pared, colgaba un cuadro con la foto oficial del Presidente de la República, que me observaba fijamente, vestido con traje a rayas y corbata de rombos, notándose que se había tomado la foto con una improvisada camisa manga corta, con la banda bicolor envolviéndole el tórax.

Bajo aquella mirada presidencial, expuse rápidamente al funcionario que después de un arduo esfuerzo de quince años de actividad literaria, había escrito la primera biografía documentada de aquel gran "paladín" pan-continental, narrando todos los detalles de su vida; desde su mitológico nacimiento en un pesebre de bahareque camino a la provincia, hasta su martirio y muerte en el paredón de aquella posta cerca de Camiri. El burócrata se quedó viendo fijamente al teléfono de su escritorio, pensativo, haciendo como que me había escuchado o como esperando que el aparato sonase y le salvara de mi espesa charla de convencimiento. Puesto que no pronunció palabra alguna, continúe mi perorata.

Le describí orgulloso de como por primera vez nuestra nación podía contar en su patrimonio literario con un documento completo, donde estaba descrito todo el saber sobre el "gran profeta", sobre su vida, sobre su obra, sobre el espíritu y su pasión, sobre su inmolación y sobre la secuela de resultados de su prodigiosa existencia de "prócer de la humanidad". Seguidamente le recordé que el motivo de mi visita, tal como le había explicado en mis múltiples cartas anteriores, era que la Editorial estatal a su cargo publicara esta gran recopilación histórica de 250 páginas de texto, además de los anexos, compilados en otras 140 páginas de documentos inéditos y que consistían en la más completa obra bibliográfica del "profeta de Santa Helena".

—¿Cartas anteriores…? *humm*…, déjeme ver! —me dijo haciéndose el asombrado, llamando seguidamente por el intercomunicador a su secretaria para solicitarle los antecedentes de mi visita. Un minuto más tarde ingresó la secretaria con su sugestiva falda pachuca, contoneándose con un andar acluecado en medio de una nube de perfume con el portafolio de mi correspondencia todavía virgen en su mano, depositándola en el escritorio de su jefe a la distancia exacta de sus bifocales. Nos sonrió y tomó el camino de vuelta dejando a su paso un halo de gardenias, mientras el editor ojeó las cartas del cartapacio amarillo, diciéndome enseguida sin mostrar remordimiento:

—Me disculpará mi querido escritor, pero…, *hummm*…, como usted verá…, ha habido una lamentable falta de comunicación y no estamos preparados para atender vuestra solicitud. Hasta el momento yo no conocía de su ambicioso proyecto y tan sólo atendí vuestra visita porque venía recomendado por doña Francisca, la culta y honorable esposa de nuestro ilustre Rector Magnífico…, «valga el pleonasmo»—. Y quedó pensativo viendo fijamente la hebilla de mi cinturón, con la yema de su dedo índice presionando su sien derecha.

Yo, pendiente y confundido, empecé a indisponerme del todo. Levanté levemente mi mano derecha, como pidiendo permiso para hablar, cuando el burócrata continuó:

—Huy, huy… —chilló amaneradamente, volviendo a ver el teléfono y acariciándose la barbilla.

—No me es posible atenderte —me dijo— una edición especial es imposible editártela porque tiene que ser aprobada por el Consejo Editor «valga la redundancia», y ellos sólo se reúnen una vez por lustro. Además, realmente, ellos solamente aprueban impresiones de las obras de nuestros literatos clásicos más conspicuos y destacados «valga de nuevo el pleonasmo».

—Mirá —continuó diciéndome, voseándome con toda confianza con el mismo tono que me trataba el palestino vendedor de telas—, te ofrezco darte, tal vez, cuatro páginas de espacio en uno de los próximos números de la Gaceta Literaria, para que acomodes tu historia sobre el prócer. ¿Qué te parece? —preguntó salomónicamente.

Salté de mi asiento sorprendido por su ofrecimiento de publicar mi obra solamente en el espacio de cuatro páginas: ¿y me dijo que tal vez?, que tal vez iba a separar un espacio de unas cuatro páginas —¡sólo cuatro páginas, mierda!— ¿y tal vez?…, para que yo publicara la obra biográfica sobre aquel "Héroe continental", y solamente por la gracia de que había llegado recomendado por mi madrina Panchita, y por ese motivo: "tal vez me dedicarían esas páginas", y no del próximo número, sino que de un volumen futuro, ¡por definir!, y no como edición especial sino que en la publicación mensual de la "Gaceta Literaria", un boletín periódico en papel barato que editaba el gobierno para difundir los trabajos literarios de la comunidad de escritores nacionales, y el Director prosiguió diciéndome consoladoramente:

—No te preocupes, mi querido escritor —me tuteó emocionado—, que tenemos 830 cuentos, 72 novelas, 26 biografías, 300 ensayos y 235 de otros escritos, además de otras quinientas publicaciones poéticas pendientes de publicar «valga la repetición», desde hace doce años, de todo tipo de autores y con las mejores recomendaciones, y a ti…, sin conocerte…, solamente por esta vez…, te haremos una consideración especial debido a la notita de recomendación que nos traes de doña Paca.

Cuando terminó su propuesta y calló, insistí en tratar de explicarle de nuevo, con otras palabras y argumentos, sobre la magnitud del material literario que yo traía y de su importancia histórica, y de pronto: *riiing…, riiing…, riiing…* sonó el teléfono de su línea directa, color ocre, que tenía sobre el escritorio, —¡Justo lo que el cobarde esperaba para escabullirse de mi compromiso!—. La llamada era del "Coordinador Internacional del Proyecto de Ultramar para el Fomento de la Producción Literaria de las Minorías Autóctonas y las Lenguas Muertas", que financiaba la comunidad internacional en el país, y era para solicitarle al Director que publicase en la próxima Gaceta los 28 pliegos completos sobre la licitación de compra de materiales de oficina para todas las sedes del proyecto. Después de intercambiar consejos y opiniones durante 22 minutos, acordaron publicar las licitaciones y el currículo vitae de los veinte miembros extranjeros del proyecto, hasta por un total de 232 páginas, en los próximos doce números mensuales.

Una vez terminada la llamada del Coordinador europeo, el Director se aclaró la voz con una tosecita forzada y me confundió con su preocupación, exponiéndome de que a pesar de la crisis económica que se vivía parecía que ya nadie trabajaba en el campo, que las fábricas estaban vacías y podía decirse que todo el mundo sólo quería dedicarse a escribir, y que ya nadie valoraba los valores productivos «valga la batología», que la Editorial ya no aguantaba la presión y ya no tenía espacio alguno, pero que, por tratarse de tal "ilustre personaje", en aquel preciso momento había tomado la decisión de cooperar para la publicación de mi excelente trabajo sobre la biografía del "Libertador", pero que la obra debería ser magistralmente resumida en un máximo de dos páginas, —tal vez—, de la edición de..., y en ese momento, su propuesta se interrumpió por un zumbido que salió de sus espaldas, un *tuiiiiiiiiiiiiiiiiiiii...* electrónico, ininterrumpido, producido por la bocina de una minicentral telefónica color gris, ubicada en la credencia pegada a la pared donde colgaba el cuadro oficial del presidente. *Tuiiiiiiiiiiiiiiiiiiiiii...* chillaba y el Director me hizo una seña de espera. Apoyando las palmas en el filo de su escritorio de caoba empujó su mullido asiento corredizo hacia atrás, giró el sillón a la izquierda, resolló, lanzó el brazo zurdo hacia atrás y capturó el auricular del maldito aparato cuyo zumbido había interrumpido la tan esperada decisión de aquel energúmeno sobre mi trabajo, y contestó en el micrófono estirando la boca como para dar un beso:

— "*jaloouu*"...

Aún silenciado el molesto sonido aquel zumbido se adueñó de mí. Me colmó la cabeza hinchándome la paciencia y hasta en el alma sentía el *tuiiiiiiiiiiiii* del maldecido teléfono. Me había costado un año de espera llegar hasta aquella oficina y tener una respuesta sobre la publicación de mi obra literaria cumbre y, hasta el momento, sólo había logrado revolver la vanidad del cabrón del Director y escuchado campaneos de teléfonos. De una edición especial que yo precisaba, primero me propone que tal vez me dan cuatro páginas y ahora me ofrece sólo dos... ¡y todavía no termina de decidirse!

El Director se revolvió en su asiento y se puso a saludar y preguntar por la familia de su interlocutor telefónico: un diputado del congreso, y durante quince minutos le explicó al tal congresista las dificultades técnicas que tenía la editorial en armonizar el verdadero color para la bandera de su corriente, con el que se imprimiría la tercera parte de su discurso de campaña sobre las comunidades precolombinas en la región central del país…, hasta que por fin acordaron no confundir los colores nacionales con los del partido y entonces le prometió divulgarle las publicaciones pactadas.

Luego de colgar con el diputado, mi anfitrión cogió nuevamente el teléfono interno, el color beige, y se tomó todo el tiempo del mundo llamando a sus diferentes subalternos encargados de los talleres de impresión, para dar explicaciones e instrucciones sobre la distribución de los espacios de las Gacetas para los próximos siete meses. Al colgar el auricular, me observó de manera solemne, juntó sus labios dándoles forma de trompa y estirándolos en mi dirección, como señalándome, me dijo gravemente:

—¡Ya vio mi estimado biógrafo!… —y se quitó los lentes para limpiarse las escamas de seborrea del arco de la nariz.

—¡Se da cuenta de las presiones mi querido escritor! —y se lamió los labios frunciéndolos con gesto resolutivo, prosiguiendo:

—Me temo que solamente vamos a complacerle con: u-na-so-la-pá-gi-na para su biografía de la vida del "maestro" «valgan los pleonasmos» —e hizo una pausa moviendo la cabeza como afirmando su pensamiento. Luego continuó—. Así que vaya re-su-mien-do mi amigo, total…, como los mejores perfumes: una página es suficiente para dar a conocer la esencia de su obra y que lo vayan identificando los lectores, poco a poco, y en el futuro… ¿tal vez haremos otro esfuerzo por ayudarlo a promoverse?

Me sentí morir y el zumbido en mis adentros se convirtió en un odio impreciso: ¡Una página, el gran idiota! Me molesté terriblemente. Quería matar a mi interlocutor. Quería agarrarlo de su cuello perfumado y desgañotarlo, como a un jolote de navidad, por aprovecharse de su posición y jugar de esta manera con mi orgullo de escritor.

Será que este energúmeno cree que lo que quiero es que los demás me conozcan a mí —pensé— si lo único que ando buscando es que el pueblo conozca el contenido de mi obra, y a sus protagonistas, que son parte de la historia de la humanidad, y no que identifiquen al autor, que es solamente un pobre mortal a punto de convertirse en asesino…

—Habrase visto: darme una sola página… ¡el muy "hijuesumare"!—murmuré para mis adentros— cuando tengo quince años de recopilar y analizar las más remotas referencias sobre la vida y obra del "héroe de las Galileas".

—Una tan sola página nomás… —me repetí incrédulo— para toda la descripción minuciosa del tremendo impacto de la filosofía del "predicador de Boyacá" en el desarrollo político y social del continente entero y la influencia del contenido de su diario en la espiritualidad actual.

Mi recopilación contiene todos los análisis ideológicos existentes en dos siglos sobre sus postrimerías, incluyendo sus meditaciones en el huerto y su testamento hablado ante el paredón de San José, cuando dirigió al pelotón de fusilamiento en su propia ejecución, ordenándoles: "estoy vivo…, crucifíquenme de nuevo". En la obra están narradas todas sus epopeyas: desde las santificadas cuaresmas de predicación espiritual, calzando las sandalias corvineras y el bordón del ovejero, hasta sus heroicas cabalgatas plenas de casacas militares, con charreteras doradas y nobles espadas; desde los históricos discursos y litigios doctrinarios, con levita y polainas, en los cabildos, plazas y congresos conservadores, hasta las épicas incursiones de fatigas verde olivo, mochila y fusil en las sierras maestras del continente.

—Dice que "tal vez me da la página completa… y al doble espacio reglamentario…", el pedazo de animal —pensé tragándome el insulto—, después que había logrado recopilar el mensaje doctrinario de unionismo y catecismo, de libertad e independencia, de subversión y lucha, y había identificado la influencia de su prédica en el cambio de conducta cultural en noventaiocho poblaciones del mundo, debido al mensaje histórico del testamento político de este "mártir de Vallegrande" y sus beneficios sobre la paz del mundo.

Quince años de trabajo minucioso sobre las estrategias militares del "revolucionario de la Trinidad" y de sus escritos en su destierro en la isla de los olivos, y todo esto tengo que zamparlo en una sola página, ¡carajo!: "con márgenes de a pulgada, y distanciamiento entre líneas de renglón y medio…"

—Toda una vida plena de victorias y virtudes, en una página de mierda, quiere este comemierda, valga la repetición —medité fastidiado, ya contagiado por las constantes redenciones de dicción de aquel imbécil directivo de la editora que tenía enfrente, mirándome fijamente, al igual que la fotografía del Presidente, sin siquiera imaginar mis tribulaciones internas.

Traté de calmarme. Conté hasta diez… ¡Reverendo baboso! Me enojé, de nuevo: uno, dos, tres, cuatro, cinco…, volví a contar hasta diez y me volví a relajar un poco, por lo menos lo suficiente para que se me bajara el rubor de la frente y aquel animal no se riera de mi pesadumbre. Sentí que me sudaban a chorros las axilas y las ingles, entonces me levanté, agarré mi maletín que contenía el pesado original de la biografía del "pescador de Junín" y salí de la oficina haciendo sonar mis zancadas en el piso, continuando hacia afuera del edificio hasta llegar a la llovizna del Paraninfo, sin despedirme, sin hacer comentarios, mudo, tragándome una rabia de las mil putas contra aquel hijueputa «valga la redundancia» y un instante después, tras de mí, salió corriendo la secretaria de la falda achulada con un boletín en la mano y llamándome a mis espaldas:

—Oiga señor… —me gritó— dice el Director que se lleve un reglamento de nuestras publicaciones. Que lo lea bien y siga las instrucciones, y entonces…, que nos mande su resumen para editárselo, cuando haya…

—"Cuandohaya", malaya —pensé— y me fui por el camino, volviendo la cabeza para apreciar sus piernas graciosamente borrosas, como un cuadro impresionista, al verlas a través de las minúsculas gotitas de agua que habían mojado mis anteojos, mientras ella regresaba a la Editorial seguida por su neblina de gardenias blancas.

La lluvia me purificó de las energías malévolas que me impregnó la visita, pero el reto de la frescura de aquel fanfarrón me sacudió el orgullo. Así que, una vez instalado en mi rincón de escritor, decidí elaborar la bendita reducción de mi obra, y a toda costa, enviarle al malparido director un resumen de la biografía del "Maestro". Leí el reglamento de la Editora y la mentada página para el trabajo se convertía en media página, porque el instructivo obligaba que, dentro de cada espacio aprobado de hasta una página de impresión en la Gaceta, el escritor autorizado debería permitir el acomodo de un espacio publicitario (a mí me tocó sobre una pomada gelatinizada para caballeros), además de un mensaje patriótico del Ministerio de Gobernación y un dibujo ecológico relativo al apareamiento de los quetzales que obligaba el Código del Medio Ambiente Cultural. Todos estos espacios deberían ser inscritos en rectángulos de doble columna, con bordes sencillos de color rojo…

Además, otro artículo del reglamento mandaba que cada texto publicado debería incluir una descripción de la vida literaria del autor, un prólogo del Director y una breve introducción del Rector, lo que dejaba un espacio total de: —un cuarto de página—, para la condensación de la biografía de aquel señor inmortal.

Me encerré dos días en mi trinchera meditando sobre mis escritos, acompañado por el humo de sahumerios de floripondios, infusiones de té de los jesuitas y una botella de brandy, hasta que apareció la musa de la condensación y al fin concluí con el siguiente resumen de la vida, pasión, muerte y gloria del más grande "prócer libertador":

Epígrafe para un Héroe
Creo en el libertador virtuoso. ¡Todopoderoso!
Creador del derecho, de la justicia y la razón.
Y en el guerrero, su hijo fuerte y victorioso
Concebido por obra y gesta de una gran nación.
Nació de la santa india virgen, madre tierra,
y en trinchera de lucha soberana fue educado.
Padeció bajo el poder del Virrey y del tirano,
fue crucificado, confinado, desaparecido y fusilado,
y descendió a los infiernos del exilio y el olvido.
Juzgado por la historia, resucitó entre muertos y taimados,
y subió a los cielos, a la gloria, cual héroe vencedor
y está sentado a la sombra de diosas inmortales,
Martes y Minervas, en trono marmóreo y cetro triunfador,
ensoñando libertad y fraternidad para vivir iguales.
De ahí los invocamos a salvar a los pueblos y naciones.
Creo en las luchas paladinas, en la santa libertad;
en la comunión de las clases; el perdón de los pecados;
en la revolución de los pueblos y la justicia perdurable..

El complejo extracto que resultó era bello. Era una nueva obra, muy pequeña, pero de gran analogía poética con la biografía original y, lo más importante: su redacción cabría precisamente en el cuarto de página de La Gaceta de la Gran Editorial Cultural del Estado. Me había esforzado mucho en el compendio y aun así, pese a su originalidad, me pareció que la retahíla de frases de mi intermezzo lírico mantenía una cadencia parecida al compás de una vieja invocación de letanías que yo repetía en mi infancia salesiana, y que no recordaba claramente en este momento —por si acaso: ahí disculpen si redunda la redundancia —pensé— y se lo envié al Director en un sobre de manila para que lo editara… ¡cuandohaya!

El autobús de los ángeles

La estación de autobuses en extramuros se encontraba solitaria y fría. Aparentemente yo era el único pasajero en la parada que esperaba el vehículo con destino a la zona norte del país, con la misión de realizar una inspección de emergencia en una represa que construía la compañía de ingenieros adonde laboraba. Tanto el problema en la obra hidráulica, así como el hecho que mi vehículo se había descompuesto, más la extraña coincidencia que los vuelos locales habían sido interrumpidos por el mal tiempo, eran casualidades infortunadas que me obligaban a realizar este viaje en transporte interprovincial, precisamente cuando pasaba mi peor crisis de vida conyugal en casi dieciséis años de casados.

Mientras aguardaba en el andén, sentado, con el portafolios sobre mis piernas, repasaba los últimos hechos de mi vida convertida ahora en un infierno de perturbaciones, desde que se me ocurrió conquistar a una linda compañera de baile en la escuela de tango, y mi esposa nos descubrió cuando ya nos habíamos apasionado, después de varios meses de salidas furtivas.

—Nada hubiera sucedido si no se me hubiera ido a exhibir a aquel concurrido hotel en la costanera —me reclamé enojado.

—¿Qué pasará ahora? Tendré que afrontar el reclamo de decidir entre la bailarina o mi matrimonio. Y si así fuera, cómo calmaré la furia de mi mujer... —meditaba ofuscado en el momento en que arribaba a la plataforma el autobús amarillo.., y los parlantes en la pared anunciaban en el salón la próxima salida del transporte rumbo al norte.

Cuando atravesé la puerta y me introduje en aquel autobús tenía el sentimiento de que me faltaba algo. Al entrar advertí un peculiar olor a ganso, algo así como a plumas húmedas; le entregué mi boleto al conductor y me dirigí hacia el interior en búsqueda del número de asiento indicado en la colilla: era el *Seat 8-c*. El bus estaba repleto y aunque la penumbra no me permitía ver correctamente a los pasajeros a la mitad del pasillo encontré el asiento que me correspondía, al centro hacia el corredor y me senté. A mi lado, a la izquierda junto a la ventana, dormitaba una apacible mujer con cara de imagen de semana santa y un lirio en su cabellera. Ella cargaba a un niño regordete en sus brazos, cachetón, rubicundo, de bucles dorados, quien me quedó observando con unos ojazos celestes y la expresión de que andaba buscando un padre.

—¡Ya me jodí! —Pensé, mientras me acomodaba en la butaca y colocaba mi cartapacio en el espacio sobre mi asiento— Ojalá que este crío no se ponga a fastidiar durante el viaje y me deje dormir tranquilo.

Al otro lado del pasillo, al par mío, en el primer asiento, viajaba un hombre mayor de cabello mal teñido, con un atuendo de arzobispo y los ojos semicerrados como fingiendo que dormía, aunque el engaño se evidenciaba en su ceño fruncido, profundamente abstraído en la búsqueda de alguna solución a los problemas importantes de su vida.

Me acomodé en el pulman, me aflojé el cinturón y recosté el respaldar decidido a descansar un poco cuando el vehículo partió suavemente. Después de adormilar un tiempo tal vez un instante o una vida, me desperté acongojado. Sentía un nudo en la garganta y una persistente preocupación interna que no me permitía conciliar el sueño. Percibí por la ventana de que afuera estaba inusualmente oscuro y adentro del bus el olor a plumas persistía. Enderecé mi respaldar para leer un poco y observé que mi compañera de asiento continuaba durmiendo, con el niño rosadito bien envuelto y enrollado hasta el cuello en una colcha celeste pero seguía con los ojos abiertos. A mi derecha, el hombre del conflicto continuaba luchando con su conciencia y, a su lado, hasta ahora me percataba, había una mujer trigueña cargando también un niño rechoncho de carita hermosa y rizos pelirrojos.

En la cabina el silencio era profundo y sólo se percibía el sordo ronroneo del motor. En vista de mi vigilia, traté de concentrarme en la lectura pero fue imposible. Me era difícil poner en orden los pensamientos sobre los últimos sucesos de mi vida pasional, mientras no tomase una decisión trascendental que me ayudara a afianzar mi verdadero compromiso con mi esposa, o con mi amante.

—*Tin, marín, de do pingüé…* —canté tontamente queriendo sacarle un poco de humor a mi desgracia, aunque presentía que ya no las tenía ni a la una ni a la otra. Ahora estaba aquí sentado, incapaz de poder disculparme humildemente, en una carretera oscura, a media noche y en medio de la nada, en un frío transporte colectivo con olor a gallinero, extrañando mi hogar, o a lo mejor mis clases de tango, y con terribles cargos de conciencia por aquella desagradable exhibición de las dos guapas mujeres peleando entre ellas cuerpo a cuerpo, revolcándose enfurecidas, todas desgarradas y desgreñadas sobre las alfombras persas del casino del hotel en la playa.

El viaje continuó por un tiempo inmensurable y parecía que nunca llegaríamos. Entre más meditaba sobre mi conflicto más lejos me sentía de llegar a una solución correcta. Lleno de impotencia, mi hastío se exteriorizó y me puse a tamborilear con la punta de los dedos sobre el extremo de los brazos del asiento. Mi vecina despertó con el rasguñeo, notó mi nerviosismo y me preguntó suavemente, como para no despertar a los cercanos:

—Te noto inquieto, buen hombre. ¿Cómo que ya te has dado cuenta de la verdadera razón de tu viaje en este autobús? —me tuteó con asombrosa intimidad.

—¡Disculpe usted! —le respondí de forma inmediata— ¿pero no le entiendo su comentario?

Con la forma en que me trataba me puse a la defensiva y me senté erguido. Al voltearla a ver directamente, me asombró la apacibilidad que irradiaba de su cara bonita, como la de una novicia.

—Con todas tus últimas imperfecciones: ¿dónde crees que estás y adónde crees que viajas?, compañero —me preguntó atrevidamente.

—¿Cómo qué "adónde creo que viajo"? —le interrogué sorprendido— Si estoy en un viaje de trabajo hacia el norte, para una inspección a la Represa del Agustino.

Me vio sonriendo y agregué:

—¿Por qué me dice "creo"? Sé exactamente hacia dónde va el vehículo, y... ¿cuáles imperfecciones? ¡Oiga! ¿Qué me quiso decir al preguntarme algo así?

—Mira mi amigo —me dijo serenamente— todos los que viajamos en el "autobús de los ángeles" creemos que vamos a algún lugar a resolver algún problema que consideramos importantísimo. Pero, si bien eso es cierto, todos estos asuntos "apremiantes" son meras banalidades y cada uno de los pasajeros en el vehículo —sin excepción—, tienen un dilema verdaderamente trascendental que deberán de resolver prioritariamente. ¿Me entiendes? Y este conflicto esencial, el que ciertamente les agobia el alma, no podrán encararlo adecuadamente mientras sus cuerpos no recobren a su Ángel de la Guarda, que es el apéndice místico sin el cual los humanos no están autorizados para transitar felizmente por la vida mundana.

—¡Ah…! —exclamé en tono pasmado y con la boca abierta—. ¿Qué es eso…?, a ver repítame… ¿Cómo es eso de que tenemos que recobrar a quién…? ¿El ángel de qué…?

—¡Bueno, hombre incrédulo!, míralo de esta forma: todos los viajeros de este bus, ¡todos!, incluso tú, han perdido su ángel de la guarda porque se han portado de forma reprochable en algún momento de su reciente pasado. "Repito": los ángeles que les custodiaban se les han ido… ¡volare… *chao!* —enfatizó la muchacha mirándome fijamente y agitando las palmas de las manos.

—¡Sí! —me señaló nuevamente— todos estos pasajeros han perdido el dominio sobre sus escrúpulos porque ya no tienen acceso a los ojos celestiales. ¡No ves que los dioses miran a través de los ojos de los ángeles!, y todos ustedes no podrán arribar por si solos a una culminación feliz de las soluciones que decidan para sus problemas…, sin su ángel.

—Por eso —continuó el discurso— la misión de este autobús es recorrer las calles de la vida para recoger a estos huérfanos de ángel guardián y reunir también a los ángeles escapados, para acarrearlos juntos a través del tiempo hasta que ambos resuelvan de nuevo sobre su convivencia mutua y el asunto de la protección espiritual. ¿Cómo la ves?, ¿ahora sí me entiendes?

La mujer me expresó aquellas palabras con tal convencimiento que inmediatamente me puse de pie para observar a los otros pasajeros. Había hombres y mujeres con vestiduras de muchas épocas, todos adultos y todos con semblante preocupado y angustioso, pero también había muchas butacas ocupadas por aquellas mujeres con porte de magdalenas, cargando niños con caritas de bobos, envueltos en frazadas de colores suaves.

—¡Mierda! —Exclamé en voz baja— ¡Parece que es cierto…, todos los personajes del bus tienen sendas caras de culpables y todos estos niños tienen rostros de ángeles!

Cuando vio mi expresión de asombro me sonrió asintiendo y continuó su explicación:

—No te preocupes mi amigo, que el autobús en realidad se dirige al lugar donde cada cual tiene que ir..., pero el asunto es de ¿cuándo llegará cada uno a su destino?... Esto dependerá del tiempo que ocupe cada cual en buscar el remedio para reparar su vida y conseguirse otro ángel guardián que sustituya al que ha perdido.

Aunque su historia era asombrosa, interiormente advertí que en realidad algo raro pasaba en el ambiente adonde se sentía una atmósfera como debía ser un purgatorio. Además, en mi caso, ya había sentido que algo extraño ocurría en mi integridad existencial en los últimos días de angustia sentimental. De pronto, entendí que en realidad había aceptado el trabajo en el norte del país solamente para escapar momentáneamente de mi problema de infidelidad; que había huido porque no deseaba enfrentarme con mi querida, ni con mi esposa, y tampoco quería definir mi posición en el conflicto, y esa actitud timorata me había traído a esta trampa celestial... Pero..., antes de confrontar la duda que me surgía, o decir algo, la mujer me continuó aclarando:

—Lo que te está ocurriendo querido no es muy extraño en personas como tú —dijo mientras acomodaba su cuerpo en el asiento para verme cara a cara, y continuó—. Cada persona nace con un ángel guardián que lo cuida y lo guía en su conducta por la vida; pero sucede que algunas personas, en un momento de su existencia incurren en ciertos actos anómalos, casi siempre relacionados con la carne y la lujuria, confundiendo a sus ángeles protectores y éstos se escabullen o extravían. Por lo tanto, estas personas quedan huérfanas de guardián, o en el peor de los casos, el espacio angelical, en vez de quedar vacío..., lo ocupa ahora un diablillo cancerbero y entonces sí que te perdimos —terminó de explicar pasándose su dedo índice por el cuello en señal de degüello.

—¿Pero, qué hay de este extraño ómnibus?, ¿y qué he hecho yo para ser parte de los pasajeros? —me atraganté interrogándola, exaltado por las singulares explicaciones que me daba.

—Tranquilo Pedro Pablo…, ¡tranquilo! —me expresó llamándome por mi nombre como si me conociese— lo que pasa es que los dioses no pueden permitir que los ángeles perdidos y los humanos sin ángel anden vagando por allí, creando confusión, por lo que a ambos se les encierra en estos recintos correctores, como un autobús en nuestro caso, para que recapaciten y se vuelvan a juntar. Cuando esto sucede y ambos se acoplan, el vehículo por fin llega al lugar de destino del humano y se bajan los dos seres juntos, como unidad cósmica, para continuar su vida normal. Y a mí, la niñera del ángel tonto, me vuelven a asignar otro ángel perdido para que lo rehabilite.

—Cuando estamos en este recinto —prosiguió— se pierde el concepto del tiempo y del espacio. Podríamos estar siglos o eternizar viajando hasta que el humano acepte su falla, hasta que encuentre su solución y el ángel aprenda a guiarlo. Puedes demorarte los siglos que quieras sin preocuparte por el tiempo y siempre llegarás tal como abordaste, porque si envejecieras, te estarías burlando de la eternidad.

—¿Pero, qué he hecho yo? —Insistí hipócritamente— ¿Por qué mi pendejo ángel de la guardia no me previno en el momento que mi proceder andaba mal?

–Lo que pasa Pedro Pablo, es que tú has cometido una extraña falta de conducta que los humanos llaman "adulterio". Se te fue la mano en tu papel de macho cabrío y traicionaste a tu esposa con una tal Maribel, que te llevaste a un hotel en la carretera…

—¡Mire, no me venga con bobadas, oiga!, que irse con una mujer a disfrutar un rato es muy normal entre nosotros —le increpé, encogiendo los hombros y volteando hacia arriba las palmas de ambas manos. Luego le pregunté en tono exigente:

—¿Y si mi engatusamiento no estaba correcto, por qué el tal ángel que me cuidaba, en vez de advertirme, se escapó dejándome solo?

—Resulta que el adulterio sólo es posible entre humanos, porque los dioses no son tan tontos para ponerle trabas a los deleites sensuales —me explicó suavemente—. Ellos practican la lujuria libremente, sin inhibiciones, sin conocer de prohibiciones, y entonces, los ángeles guardianes que son criados entre deidades son incapaces de detectar este pecado a tiempo. Por lo tanto, casi siempre se confunden cuando se alzan las energías producidas por las fuerzas pasionales en los triángulos amorosos de los humanos y sus absurdas consecuencias.

El angelito que cargaba en sus brazos me quedó viendo con una sonrisa de estúpido, provocándome ganas de sopapearlo por el gesto.

—¡Ustedes deberían entrenar bien a estos ángeles majaderos para que no huyan de uno en el peor momento! —le exigí increpándola.

Ella se ruborizó y prosiguió muy serena con su explicación sobre los complejos seres alados:

—Los ángeles guardianes, Pedro Pablo, son seres imperfectos. Inicialmente fueron creados con sexo, unos masculinos y otros femeninos, como una hechura directa de los dioses. Cuando los arcángeles bajaron a la tierra a combatir a los demonios, los pequeños angelitos se quedaron solos en el cielo, sin vigilancia, y armaron una gran orgía que enojó a los dioses. El arcángel los perdonó y los mandó a la tierra para que cuidaran a los humanos, pero luego perdieron la disciplina y comenzaron a tener relaciones eróticas y a fornicar con los terrícolas que custodiaban, engendrándose una confusa estirpe de seres "cuartidioses", hermafroditas, parecidos al colibrí, con partes de humanos y de pájaros, que no tenían cabida ni en los cielos y ni en la tierra. Por este motivo, los dioses les desautorizaron el sexo a los querubines y serafines y por eso ahora ellos no conocen de deseos ni de pasiones, ni mucho menos saben de traiciones, o de celos, ni de perfidia ni de adulterio.

Traté de recordar lo que sabía sobre los ángeles y en realidad coincidía con lo que la niñera celestial me contaba sobre sus cándidos clientes. Es cierto lo que me decía porque se me vino a la mente el tal Cupido, uno de los pocos ángeles con pene que había visto, que fue enviado por Venus donde Psiquis para resolver un asunto de celos y como la doncella era bellísima, el muy cabrón se amancebó con ella traicionando a sus deidades. Y por eso, ahora los demás ya no tienen sexo, o sea, los dejaron con los cuerpos lisos, sin orificios ni falos y sin colgajos.

—¿Y qué tiene que ver la triste historia de estos ambiguos seres alados con mi caso? —le dije angustiado— yo he sido fiel a mi esposa por quince años y hace poco tiempo que salgo ocasionalmente con mi amante, y sólo por eso, mi ángel guardián no tenía por qué atolondrarse.

—Cuando decidiste pavonearte con tu amante en el casino —me explicó emocionada la niñera del querubín— con tu intemperancia provocaste muchas pasiones confusas que alejaron a tu guardia de su atalaya. El conflicto de las mujeres provocó desengaños, insultos, celos, mentiras, violencia, desamor, furor, malignidad, puñetes y odio. Te repito que los ángeles no entienden de infidelidades. Cuando sus pupilos se meten con otra persona a ellos les parece normal —me aclaró—, lo que a estas criaturas más les afecta es la intoxicación de su nimbo, sobre tu cabeza, cuando éste se contamina con la nube de partículas malignas que se elevó de tu conciencia, justo al liberarse esos destructivos sentimientos de celo y recelo que tu fanfarronada produjo entre ambas mujeres. Por eso, cuando las dos hembras se liaron a trompadas, fueron demasiadas pasiones juntas para un candoroso angelito eunuco que no sabe de estos apremios, aturdiéndose con el laberinto que ustedes armaron y se extravió en el espacio.

—Tienes que comprender que estos seres guardianes son medio torpes —continuo—, y tan sólo atienden los asuntos mundanos de interés divino como son el robo, la blasfemia, el crimen, la mentira, el ocio y el cuido a los mayores, sin importarles mayor cosa los asuntos del demonio y de la carne, que son temas propios de la conciencia humana, como la lujuria y el desenfreno —concluyó la niñera mientras el angelito en sus brazos seguía mirándome con pose de pintura de Rafael, y hasta ese momento me di cuenta que los cabrones ángeles nunca duermen.

Por lo que me explicaba la ninfa de al lado, deduje que los pimpollos alados no conciben la forma en que los humanos hemos complicado la sexualidad, de que no entienden lo que significa el matrimonio ni se explican la tonta costumbre de aparearse con un solo cónyuge .

Me serené, traté de entender tanta aclaración confusa sobre los mentados ángeles y, al cabo de un rato, decidí que aunque esto pareciera un sueño habría que ver cómo me escapaba de él lo antes posible y sólo ella podía ayudarme con la solución, así que traté de convencerla mostrándole gran interés.

—¿Y ahora cómo me enmiendo? —Pregunté compungido, pronunciando el pedido con voz atribulada— ¿Cómo puedo conseguir un ángel guardián que me guíe de nuevo?

—Concéntrate en tu dilema y reflexiona sobre el mal que haces a los demás con tu perrería —me increpó—. Cuando hayas examinado tu conciencia y encuentres una solución para las dos personas que te aman, yo te daré un ángel que te cuide y podrás terminar este viaje que tanto te angustia.

La mujer calló y volvió a recostarse en su asiento, quedando en el ambiente tan sólo un gran silencio tras del runrunear del motor. Su última frase me conmovió y me di cuenta que ella me había adelantado la clave para solventar mi crisis amorosa. Me quedé recapacitando en sus palabras, en mi reprochable conducta durante una eternidad y al fin comprendí todo.

Entonces decidí disculparme humildemente y hacer un compromiso de templanza, de fidelidad, y después de un tiempo indeterminado la compañera de asiento me despertó suavemente preguntando:

—¿Decidiste por fin sobre tu nuevo tramo de vida Pedro Pablo?

—¡Sí —contesté inmediatamente— ¡...*cúcara, mácara, títere, fue...*!, y será mi esposa y mi hogar con los que me quedo para toda la vida.

—Cuando reposabas se notó que volvía el fulgor a tu áurea marchita. Por eso creo que ya tengo el ángel para ti —me sonrió, mostrándome un angelito en pañales, mofletudo y afeminado, con mechas color castaño pegadas en su frente y celulitis en los muslos, que se acurrucaba en su regazo haciendo mimos de nenito. Me lo presentó con el nombre de *Putti* y lo calificó como un ángel de la guarda muy experimentado, porque había estado custodiado solamente a mujeres viudas y divorciadas, y más de alguna solterona, por lo que conocía de todo tipo de malquerencias y sería capaz de precaverme de todos los deslices mundanos que me asechaban.

—No te preocupes —me previno— que ya le he explicado hasta la saciedad que para cuidar a un hombre como tú: casado, petimetre y adúltero, no hay que preocuparse por proteger al varón en sí, sino, más bien, cuidar a las mujeres con las que el flirtea.

El querubín me inspeccionó intrigado con sus ojitos turquesa, como tasándome. Estaba sosteniéndose la barbilla y los cachetes entre las dos manos con los codos apoyados en sus muslos rollizos y asintió con la cabeza, adoptándome sin muchas ganas. Yo preferí guardarme mi opinión sobre el mentado angelito y lo acepté de inmediato, porque a mí lo que más me urgía, era salir de aquel trance de conciencia y volver a mi vida terrenal, con mi esposa. Y como dicen que el silencio otorga..., en ese instante el autobús comenzó a reducir la marcha y el conductor anunció la próxima parada en el desvío de la Presa del Agustino.

Cuando el ómnibus se detuvo, me despedí de la amable mujer con un beso en su frente y el angelito le sonrió contento. Ella le correspondió guiñándole el ojo derecho, como en señal de complicidad respecto a algún complot que habían tramado para mantenerme fiel y virtuoso.

—Pórtate bien Pedro Pablo…, y si vas a andar de tenorio, por lo menos no te vuelvas a dejar pillar con las manos en la masa, porque no quiero volver a verte en este aburrido autobús. ¡Chao, chao! —me dijo sonriente la muchacha, mientras yo agarraba al pequeño de la mano y me dirigía hacia la puerta jalándole apresuradamente.

Nos bajamos juntos en la encrucijada, frente a las oficinas de la represa. Mi flamante ángel de la guarda sacudió sus alas con olor a pato, bostezó ruidosamente, y en una revoloteada se posó dentro de mi nueva aura, sobre mi cabeza, mientras el vehículo amarillo partía y se perdía por el camino con su cargamento de penitentes, ninfas y ángeles ineptos.

Rosa la científica

Y pensar que todo había comenzado con la muerte del Nicanor y los consejos de Juanjacobo, reflexionó Rosa agradecida, al escuchar los aplausos y ver los chispazos de las luces de las cámaras en aquella ceremonia, que la aturdieron momentáneamente. Entonces, entre los destellos y sus sombras le pareció ver la silueta matutina de aquel viejo lector y recordó, en un santiamén, los últimos treintaicinco años de su vida hasta que se convirtió en científica.

Había nacido en un paupérrimo caserío de bajareque con techo mitad teja y mitad latas, tras de un tosco muelle azotado por un viento seco de un islote del Pacífico. Ahí nació, su fatalidad, y ahí transcurrió su niñez y adolescencia mezquinamente, hasta que se murió su mentado padre.

Sus recuerdos la remitieron hasta transportarla al día del velorio de Nicanor, muerto por empacho, según la mujer de Joche, que más que una fatalidad había sido un alivio para ella porque ya no tendría que seguir aguantando sus borracheras ni sus miradas impúdicas. Nunca supo con seguridad si él había sido su padre o si tan sólo se apareaba con su madre cuando ella nació, porque en los puertos, cuando el varón es alcohólico y la mujer es pobre, nunca se está seguro quién es el padre de uno. De todos modos no importaba, porque en ese amanecer que recordaba claramente estaban en su velatorio

Ernesto Bondy

y lo tenían que ir a enterrar antes de que se pusiera hediondo; pues sucede con los pobres, que si se mueren en la noche hay que velarlos de madrugada y enterrarlos a media mañana, antes del sol de mediodía, porque sus cadáveres apestan más rápido que los restos de los ricos.

Mal vendieron unas boyas destartaladas que estaban en el patio y compraron velas, rapadura, café, aguardiente, requesones y pan dulce y al velorio asistieron todos los aldeanos. También asistió Juanjacobo, el reparador de canoas, un hombre extraño sin edad que siempre cargaba un morral lleno de libros, papeles y panfletos, y en cada lugar que se sentaba, aunque fuera un instante, sacaba un texto del talego y se ponía a leer.

El mentado "leedor" estuvo repasando sus textos toda la noche a la luz de un cirio mientras los otros pescadores bebían y contaban chismes en voz baja, pero al amanecer, cuando el hijillo de la muerte comenzaba a oler a mortadela, precisamente al rayar el alba, Juanjacobo guardó su manoseado libro, se restregó los ojos para borrar de ellos la última lectura, y como todos estaban dormidos, se dirigió a mí delicadamente diciéndome con voz gangosa:

—Mira jovencita, nunca compitas con el sol —y enfatizó señalando el amanecer—. Cuando el astro rey está en los cielos y te alumbra, uno tiene que llenarse la cabeza con su energía trabajando todo el día.

Entonces note como el primer rayo de sol del nuevo día cruzaba horizontalmente desde el océano arrebolando las nubes grises del despertar.

—Ves —continuó, enseñándome su cabeza y sus antebrazos— por eso es que yo no uso sombrero y tengo color de bronce. Pero cuando es de noche y el sol se ha ido, o cuando te encuentres bajo techo, tienes que leer..., tienes que leer y leer, y leer mucho, para llenarte toda la cabeza por dentro, ¿si no...?, nunca vas a dejar de ser una rata y no lograras convertirte en "científica" —recalcando aquella extraña palabra cual nunca logre comprender exactamente.

Me impresioné al ver sus ojos bermejos en medio de bolsas de arrugas, donde las pupilas chispeaban con fulgor al reflejar los matutinos rayos solares que entraban entrecruzados a través del raido plástico mosquitero de la ventana. Continuó mirándome con fijeza y me dijo afectuosamente:

—Mira niña, tú tienes la aureola de una moza buena. Si no quieres morir encarroñada como tu viejo, o como morirán todos los vecinos que tienes enfrente, tienes que leer y leer. Lee todo lo que encuentres y de todo que llegue a tus manos. Lee periódicos, las introducciones de los textos, los índices, las instrucciones de los equipos, las oraciones al Espíritu Santo, vademécums, los instructivos de los electrodomésticos, versos y poesías, los manuales de máquinas, las cadenas de santos, obituarios, las paginas sociales, carteleras, anuncios y clasificados, libros cualesquiera, informes, novelas, reportes, editoriales, prescripciones médicas, horóscopos, almanaques, novenarios... y todas las letras ordenadas en fila recta hacia la derecha que encuentres en tu camino, y sólo así, entiende, sólo así te educarás y serás una científica.

Cuando terminó de darme su lección, el sol había ascendido por encima del dintel de la ventana y su cara ya entraba en la zona de penumbra. Entonces, con los cambios de luz aquella cara de demonio trasnochado se transformó en el semblante del ilustre anciano que me había dado el único consejo paternal en mi vida.

—A lo mejor es cierto... —dije para mis adentros— porque entre tantos pescadores toscos él es el único que entiende de herramientas para reparar las barcas y sus motores, y es el único que diseña y da forma a las redes para capturar tantos peces diferentes del gran mar. Como un pavo real entre los rústicos patos —pensé— o como la luna en un cielo estrellado.

«Así que voy a hacerle caso —me prometí solemnemente— desde ahora leeré mucho y seré una científica». Y fue en esa alborada cuando tomé la gran decisión de mi vida y, después de enterrar a Nicanor en una fosa negra de arena volcánica, me escapé de mi madre y de la pobreza de la isla para irme a la capital a hacerme científica.

El viejo reparador de barcos no me dijo cómo comenzar para llegar a ser un científico, sólo mencionó que había que leer bastante y, de pronto, yo estaba parada en medio del mercado mayorista de la capital, leyendo y releyendo todos los rótulos a la vista con un hambre de los mil diablos.

A las cinco horas de estar parada bajo la lluvia, una mujer regordeta con mascara de maquillaje y olor a sudor, se me acercó para decirme:

—¿Qué haces aquí muchacha? ¿A quién esperas? ¿No serás ladrona, verdad? —Preguntó interesada, girando el cuello para ver hacia los lados recelosamente.

—Estoy leyendo rótulos y la propaganda de los autobuses para hacerme científica —le contesté con la voz entrecortada por el frío que me había calado hasta los huesos.

—¡Pues yo te voy a ayudar, preciosa! —Me expresó mientras me tomaba del brazo y me introducía en un taxi, llevándome a una casa de madera donde había un salón de baile y muchos cuartos con papelillo en las puertas y adornos de colores.

Después que me bañaron y alimentaron, me tuvieron encerrada en una leonera enseñándome a bailar por varios días. Cuando ya tenía algunas redondeces en mis formas y la piel se había puesto blanquecina por falta de sol, me tiñeron el cabello de dorado, me vistieron con ropa de una talla menor para que se me viera ajustada y me llevaron al salón de baile del burdel, donde comencé mi vía crucis para hacerme científica…

Las primeras semanas como meretriz fue cuando más me esforcé para leer. Tan sólo me buscaban clientes borrachos que yo ponía a dormir echándoles cabezas de fósforos en su licor y, mientras ellos reposaban, yo pataleaba en el catre en tanto que leía para que la matrona creyese que estábamos fornicando. Aunque al tiempo, la alcahueta se enteró de mis trucos y tuve que aprender bien el oficio de puta y practicarlo por varios años hasta que un día me tocó atender a Samir, un velludo beduino cincuentón que poseía un bazar cerca del Estadio. A él le gustó mi pasión por la lectura y saboreaba copular conmigo mientras le leía historias de Las Mil y Una Noches. Cuando se dio cuenta que estaba embarazada, me compró a la celestina y me llevó a su almacén, diciéndome:

—"Ta saco de la burdel mija, para que críes bien a tu hijo. También te vas a ganar la sueldo trabajando diez horas a la día en la tienda como dependienta y vivirás en la cuarto de atrás, que me lo pagarás con lecturas de Scherezade, con la única condición de que no dejarás que mis hijos míos se vayan a meter a tu cuarto por la noche".

Y así ocurrió, trabajé con Samir muchos años y trabajé sin Samir otro tiempo. Hice de asistente de pastor evangélico, de aseadora en oficinas públicas, de doméstica en hogares y de obrera en las fábricas, también algo de putería, siempre leyendo todo lo que encontraba y siempre criando a mi hijo buenamente, para que algún día fuéramos científicos.

Pasaron treinticinco años de la escapada de la isla y veintitrés desde mi preñez. Samir se había muerto, pero yo todavía vivía en el viejo cuartucho de atrás del almacén que sus hijos me prestaron de por vida, y no porque me visitaban de noche, sino que por mandato del difunto.

Mi niño creció escuchando mis lecturas y aprendió a leer a los cuatro años. Toda la pequeña covacha la acondicioné como el cuarto de estudio del muchacho para que él cumpliera con el cometido por los dos. Nos queríamos burlar del viejo "leelotodo" y mientras uno de nosotros trabajaba todo el día, el otro también leía toda la jornada. En el cuarto yo dormía, comía, cocinaba, costuraba y me solazaba en una pequeña esquina que hacía de cocina; el resto del espacio era luminoso con estantes, mesas, libreros y anaqueles, atestados de enciclopedias, diccionarios, colecciones de revistas, tomos especializados, filminas, mapas, láminas, textos y almanaques, para que mi adorado hijo leyera y leyera sin cesar mientras yo me rompía el alma trabajando. Así como a la habitación, yo había acomodado todos los asuntos de mi vida para que nada le faltara a mi estudiante, poniendo mi mejor empeño y sacrificio para estimularlo en su camino y que algún día fuera el mejor científico del mundo. Hasta que un día los tiempos se terminaron, y como las noticias abrumadoras siempre tienen olor a bebida, mi benjamín se presentó un mediodía al cuarto con sus compañeros: borracho…, y oliendo todavía a descorche de champanes, venía celebrando la noticia de que esa misma mañana, en su auditorio magistral, una terna de Doctores de la Academia Científica de Medicina de la Universidad Nacional le habían aprobado su examen final de Médico Doctor con grado de excelencia máxima.

—¡*Ijujo*! —chillé— ¡Ya somos científicos! —Grité a desgañitar para que oyera todo el vecindario y me desmayé en vida, comatosa, postrada y alelada hasta el día de la graduación —justo el día de hoy—, que me sacaron del trance las nueras del finado Samir con un consomé de iguana, untándome agua de Florida en las sienes y las axilas hasta que se me paso el vahído, para luego ponerme guapetona y vestirme con ropas nuevas de tafetán del almacén del finado para la ceremonia.

La algarabía de sus antiguas compañeras del prostíbulo hizo que Rosa volviera de sus recuerdos súbitamente. Ahora no importaba el pretérito y se encontraba vestida de paños aguamarinas junto a su hijo, todo elegante él con toga negra y el peinado con gomina, bajando ambos tomados del brazo las largas gradas alfombradas en rojo, ella con pasos inciertos, caminando como pato no porque estuviera nerviosa, además, sino porque calzaba zapatos de tacón alto por primera vez en su vida y le apretaban los juanetes. Sin embargo, cuando entre los sones de Verdi escuchó el nombre de su unigénito, el científico galardonado, se sintió flotar como un globo colgada del fuerte brazo de su hijo Doctor, mientras descendía hacia el auditorio universitario para sentarse en un sitial de honor desde donde presenciaría de cerca la entrega del preciado título de científico, aquella solemne tarde de tierra adentro, bajo un sol radiante que la llenaba de energía.

Después, cuando el graduado bajó del coliseo con su medalla en el pecho y le entregó a su madre el pergamino con un beso, Rosa lo leyó completo —siete veces seguidas lo leyó—, después de lo cual no volvió a leer nunca más, pero nunca jamás repitió unas letras, ni de los rótulos en las calles, ni los nombres de las medicinas, ni nada…, ya tenía un hijo científico que iba a leer por su madre todo el próximo milenio, porque ella, ya había cumplido su compromiso cósmico con ella misma y con Nicanor y Juajacobo y la rufiana y con Samir.

—¡Ahora que me caiga un rayo! —Exclamó súbitamente en voz alta, volviendo a ver hacia el sol— ¡Total, ya me deleité del infierno y de la gloria, y con un hijo científico ya se puede morir uno tranquila! —y se tiró la carcajada que tenía aguantada desde hacía cincuenta años.

Lucrecia la cuidapadres
y Gabriel el ángel

Capítulo primero: LA CUIDAPADRES

Lucrecia Martínez era una mujer educada, guapa, madura, soltera y la tercera de cinco hermanas nacidas en el seno de una honorable familia de la capital. Esa noche de noviembre, revisaba sola y silenciosamente la lista de tarjetas de año nuevo que tradicionalmente enviaba, a nombre de su familia, a las múltiples familiares y amistades en celebración de las fiestas de la Navidad.

La lista era larga y se percató de la gran cantidad de parientes que tenía como producto de las relaciones familiares de los padres y de sus cuatro hermanas. Había tíos, primos, cuñados, sobrinos, nietos, concuños, primos políticos y otros mencionados como familiares: compadres, comadres, ahijados y otros parientes de cariño y, a medida que Lucrecia leía los nombres de la parentela se fue percatando que, a pesar de ser personas muy queridas por ella, eran más parientes de sus parientes que de ella misma y evidentemente pertenecían a ese mundo de la familiaridad lejana, relacionados con sus progenitores y familia, porque a ella como mujer sola no le correspondía tener parientes que pertenecieran a su mundo propio, a sus entrañas o querencia íntima.

«De nuevo… —pensó, y un rubor subió por su columna inundándole la frente y las mejillas»

En aquellos instantes de reminiscencia el silencio de la casona se volvía opresivo y hasta que una gallina rompió el vicio con su cacareo lejano.

—El sentimiento se repite... —murmuró para sí, cuando le entró de súbito aquella ansiedad que le venía al recordar su derredor solitario. Se acongojó y se sintió mareada. Se sentó en la banca del pupitre y miró las paredes y anaqueles del cuarto del escritorio de la casa, cargados de fotografías de múltiples fechas que evidenciaban los momentos felices de tantos familiares sonrientes en las celebraciones de la ocasión, y se entristeció de nuevo, perseguida por aquella luz roja calurosa e intermitente que se posesionaba sobre su cabeza reprochándole su obligada soledad.

Había alcanzado una edad tal, que ya empezaba a molestar. Una de esas edades que las damas soslayan comentar ni en secreto, y no solo por la cruel aritmética de la edad o la delicada suma de los años, sino, porque, en una mujer soltera todos estos años perdidos eran motivo seguro de piadosos comentarios por parte de vecinos y amistades, que la observaban de reojo, con preocupación, por su conversión paulatina de "mujer solterona" al estado social de "mujer quedada". Habían transcurrido ya varias décadas desde su muy corta juventud y el tiempo se había pasado inexorablemente, de forma ingrata, derrochando su propia vida con estoicismo a cambio del cuido de sus progenitores y del mantenimiento de aquella mansión familiar: con dos salas, seis dormitorios y tres patios con corredores; con el hogareño, sus recuerdos, sus fantasmas y sus romanticismos filiales.

Cuando pensaba en su condición de solterona sólo a ella le importunaba, porque su soledad era ampliamente aceptada como correcta por todos los parientes, vecinos y amistades. Como una clausura. Siempre le había parecido que su invariable estado civil era una especie de complot universal y a todas sus querencias les reclamó en algún momento de su vida, que era incorrecta esa pretensión de la familia de obligarla a cuidar a los padres —a los padres de todas— y hasta su ancianidad.

—Era una reivindicación de la esclavitud hogareña —decía. ¿Por qué tenían que exacerbar su naturaleza sacrificándole la pubertad, condenándola a una virginidad eterna y cohibiéndole su instinto de maternidad?… sólo por cumplir con una costumbre social de las familias más conocidas que no podían mandar a sus ancianos progenitores a un asilo especial.

«No era posible que Dios le haya dictado a Moisés un Cuarto Mandamiento tan severo —meditaba en sus retiros espiritual— y no existía juicio conocido que interpretara que el séptimo mandato, también fuese tan absoluto». En el mundo religioso, la abstinencia era solamente para aquellos que habían sido seleccionados para guardar a los dioses, o para servirles de ofrenda en los sacrificios paganos, como los célibes o las doncellas aztecas.

«¿Por qué tenía ella que respetar estas reglas sólo por cuidar a sus progenitores? —pensaba mientras arreglaba los sobres de las tarjetas— los que probablemente fallecerían pronto, dejándola sola, cuando para ella todo lo mejor ya estaría perdido, y sólo le quedaría un resto de vida solitaria, sin momentos que recordar y con un cuerpo envejecido que nunca jamás había sido expuesto a ser deseado»

La confabulación había sido universal —exageraba Lucrecia—. Hasta los astros se habían posicionado en su contra por haber nacido a mediados del mes de septiembre, en el día de Santa Lucrecia, que en latín significaba mujer casta y pura.

Fue un triste día del pasado, cuando ella comenzaba su pubertad, que su padre, don Alipio Martínez, enjundioso miembro del entorno cultural de aquel poblado, lamentó la desgracia de haber tenido solamente cinco hijas y se convenció que al final se quedaría solo y abandonado, porque sus hijas se irían a servir a otros hogares y su esposa se moriría algún día antes que él. Para evitar esta desgracia, interpretó la abundancia del género femenino de su progenie como de libre utilización, y entonces, dispuso que tomaría una de estas hijas para que se quedara cuidándolo en la soledad de su ancianidad. Una mañana, cuando regresaba de una reunión con su astrólogo de turno, decidió y ordenó a su mujer que su tercera hija, la Lucrecia, la que nació bajo el signo de Virgo, se quedaría soltera acompañándolos en su vejez. Desde ese día, por mandato del código paterno y el presagio del horóscopo del periódico, Lucrecia inició su vida como escogida para quedarse cuidando a sus padres hasta que murieran, y por lo tanto, debería de quedarse soltera para no distraer su atención en relaciones con otras familias y no competir con sentimientos de personas ajenas.

—Desde ahora en adelante —ordenó don Alipio— "la Lucrecia, debería ser preparada en las artes de la asistencia a los mayores y los quehaceres domésticos". Doña Luz, la madre, esposa obediente y holgazana, vio sus beneficios egoístas en la radical decisión del marido que le aseguraba cuido, compañía y servidumbre consanguínea, acatando fielmente aquel dictado y lo cumplió hasta su final, muriendo segura que había actuado conforme las mejores recomendaciones de su Iglesia. Para ese entonces Lucrecia ya tenía 13 años y comenzaba a preocuparse por su apariencia.

Desde esa edad, Lucrecia fue educada de forma separada y especial en las normales de señoritas e internados de monjas, para que aprendiera y se disciplinara a cumplir de mejor forma el mandado que la familia le había asignado. Tanto sus padres, como sus parientes y sus hermanas la trataron de forma diferente, como un ama de llaves de confianza y, aunque compartía con todos ellos los momentos familiares, su educación, su ropaje, sus amistades y sus diversiones fueron diferentes que las demás. Recibió clases y adiestramiento en crochet, cocina, costura, limpieza, enfermería, catequismo, modales, buena mesa y lectura. Se matriculó en seminarios de literatura, teología, sociedad, artes plásticas, origami y confección. Desde los trece años se encargó del arreglo y mantenimiento de la mansión, de las dietas y comidas de la familia, del menaje, de los ajuares y roperos de sus padres y hermanas, del arreglo y conducta de sus parientes, de las relaciones comunales y sociales de la familia, de la administración de la hacienda y de la salud y cuidado de sus progenitores.

Al pasar los años, la "hermana cuidapadres" fue viendo con envidia cómo sus otras hermanas se iban casando y se retiraban del hogar a formar sus propias familias. Para ella, a pesar de que el grupo familiar cada vez era más amplio y prometedor, ella se sentía más solitaria en aquella mansión que se hacía cada vez más grande, más vacía, quedando al final solamente sus seniles padres, las periquitas australianas y la bandada de gallinas francesas sin gallo en el patio, mientras ella se consumía con la paciencia de Penélope —esperando a nadie— tejiendo y destejiendo todos los días lo tejido para satisfacer a dos ancianos injustos que la querían físicamente doncella, espiritualmente casta y moralmente inmaculada: como una vestal.

Aún después de varias décadas de sufrir su mal, Lucrecia mantuvo siempre viva su argumentación mental sobre el tema toral de su desgracia y de su soledad. Todos los años en época de primavera, cuando llegaba el adviento y el aire se llenaba de olores extraños, le revivía esta congoja de abandonada y era imposible su redención porque no tenía acceso a comentarlo con alguien de confianza. Ni siquiera podía reclamar trato alguno porque no había instancia para impugnarlo y ni siquiera tenía un público que la escuchara, ya que sus padres, hermanas, amigas y compañeras de Legión eran cómplices culturales entre ellos y veían su condición de "hija cuidapadres" como lo más aceptable, lo más correcto, lo más normal y conveniente y nunca le entenderían del porqué de sus reclamos. Por eso era que se tragaba sus protestas y no les hacía ningún comentario, ensimismándose en la auto discusión.

Una semana después de la revisión de la lista de tarjetas, cuando se realizaban los preparativos para disfrutar de la Navidad, una hermosa tarde de luna nueva, después del ocaso, Lucrecia se dirigió al patio posterior de la casona para preparar el anafre en el que cocerían los nacatamales navideños. El patio posterior era un amplio espacio con árboles y flores, rodeado de corredores cubiertos con techos de madera y rincones solitarios que ya no eran visitados por los moradores de la casona, debido a lo avanzado de su edad. El patio se utilizaba para almacenar los enseres que no se usaban frecuentemente. Esa tarde todo parecía normal, y no fue sino hasta llegar al último pórtico que Lucrecia observó asombrada que sobre los ladrillos del piso del corredor se encontraba tendido el cuerpo inerte de un hombre, quien yacía ensangrentado al par del muro que separaba la propiedad con el callejón que conducía de la ciudad a los barrios periféricos.

Al salir de su primer asombro, por el encuentro de aquel sujeto dentro de su propio patio, se acercó al herido y lo observó detenidamente. Más que una herida, tenía múltiples rasguños y hematomas en el dorso, en su rostro y permanecía en una inconsciencia total. Era evidente que su último esfuerzo antes de desmayarse había sido saltar el muro hacia dentro de la casona, tal vez huyendo de sus violentos perseguidores y en busca de refugio en esta casa, terminándose sus fuerzas al caer en el suelo.

No sabía qué hacer. Podía pedir ayuda a los vecinos, llamar a la policía para sacarlo de sus linderos o darle la asistencia necesaria. Recordó que sus creencias religiosas le mandaban de dar refugio al desamparado e intuyó que podía actuar por su propia cuenta. Observó al hombre en el suelo y notó algo embrujador en el intruso, que no mostraba ningún signo de peligrosidad y por lo pronto, acostumbrada a sus propias decisiones, resolvió que lo mejor sería ayudarlo a mejorarse de sus golpes hasta que volviera a la normalidad. Luego tomaría otra decisión. Acto seguido acercó al pórtico un viejo canapé, justo debajo de la pérgola de buganvillas, y colocó ahí al herido boca arriba. Quitó por partes sus destrozadas ropas, atendió y curó sus heridas y lo cubrió con una fina y descolorida sábana de seda que se encontraba entre los bultos de cosas desechadas que se almacenaban en el patio de atrás. Lo observó curiosamente como un varón alto, delgado, conformado, latino, pelo lacio, cara amigable, barbado y sin edad.

Estimó que su labor samaritana estaba concluida, que por el momento lo mejor sería dejar reposar al desconocido para que se recuperase y, el día de mañana, averiguaría su identidad y sobre el incidente que lo había llevado a su patio, para seguidamente dejarlo partir y que siguiera su camino.

Aquella noche Lucrecia la pasó muy inquieta, colmada de sueños y presagios, con la incertidumbre de haber tomado la decisión adecuada respecto a aquel desconocido que había dejado durmiendo en el traspatio de la casa.

—¿Quién era? ¿No sería peligroso? ¿Por qué de sus heridas? —y miles de otras interrogantes que la sorprendían en su vigilia.

Al día siguiente —muy temprano en la mañana y antes de que la casa despertara—, se vistió con una bata mañanera y abandonó su habitación inquieta dirigiéndose hacia el patio posterior para averiguar sobre su anónimo inquilino. Al llegar al lugar en donde lo dejó postrado la tarde anterior, avistó que el catre continuaba ocupado por el visitante quien dormía profundamente. Se acercó quedamente al herido, vio su semblante tranquilo y escuchó su respiración reposada, percatándose de que el desconocido se encontraba mucho mejor de salud. Luego de contemplar su cara apacible recorrió con su vista a lo largo del cuerpo tendido: su pecho, el abdomen, la cintura y, de pronto…, su mirada se quedó clavada en un inusual bulto de apariencia cilíndrica que se levantaba palpitando con todo y sábana por en medio de las piernas del herido inclinándose sobre su vientre, como la carpa de un circo.

Quedó atónita. Estupefacta.

—¡Eso no podía ser otra cosa! —pensó… y cerró sus ojos para huir de la visión. Se dio cuenta de inmediato que aquella protuberancia columnar era el famoso pecado que tanto había escuchado condenar de los labios de su madre y la vergüenza más infame según los consejos de las monjas de su colegio. Y el insistente murmullo secreto de sus compañeras de Legión.

—¿La manzana de Adán o la culebra de Eva? —recordó confundida— El mero pecado original en grado mortal. La Bestia.

Escuchó en el entorno el jadeo de una respiración agitada y se dio cuenta que era la suya. Sudaba. Temblaba. Se llevó las manos al pecho con el corazón latiéndole locamente y se esforzó, abrió los ojos lentamente y percibió confusa que aquella cosa —el bulto— se meneaba bajo la sábana en un lento vaivén hacia adelante y para atrás, con vida propia… —¡El seis-seis-seis!

—¿Será cierto lo que me esté pasando?—se preguntó ofuscada.

Superando su primera sensación de sorpresa entendió de su posición anímica y lo que estaba pasando en su realidad. Pensó en serenarse y aceptar las cosas tal como se estaban presentando pero, de pronto, la curiosidad innata la invadió y se sintió arrebatada por aquello que de tanto condenarlo se hacía más deseado…

—¡Es ahora o nunca! —Se insinuó entrecortada, decidida, relajándose para atenuar la taquicardia, y con ambas manos tomó el borde de la sábana al mismo tiempo que sentía un fuerte rubor en las mejillas y un tibio sudor gelatinoso calaba su entrepierna.

Llena de ansiedad se arrodilló, comenzó a retirar el raído lienzo que cubría el cuerpo del herido para destaparlo del todo, lentamente…, en un fisgoneo femenil…, intentando descubrir aquel objeto que se agitaba vivamente y que la subyugaba tanto. Llena de ansiedad haló la sábana sutilmente, deslizándola sobre el vientre del paciente hasta verla caer por la cadera sobre el catre…, y de súbito, la solterona quedó enfrentada a dos palmos de distancia con un auténtico miembro viril masculino, completo, tenso, como un cíclope tricolor de tres matices y tres grosores, de tres texturas, tres diámetros y tres hechuras. Brillante, lustroso y opaco. Aovado, ovoideo y cilíndrico. Rectilíneo, curvilíneo, ortopédico e hidrodinámico, hidráulico…, y con aroma… Y se movía…

—¡Apasionante! —Murmuró cultamente casi sin mover los labios— ¡Qué locura! —Estremeciéndose fuertemente mientras abría desorbitados sus ojos color miel.

Tenía frente a ella la protuberancia que históricamente la sociedad había escondido de la anatomía masculina. El origen del pecado, lo que su padre jamás mostró y lo que los sultanes otomanos cortaban a los esclavos negros que vigilaban sus harenes.

El vaivén del obelisco persistía frente a ella a su entera vista, en la primera luz de la mañana, en la más íntima privacidad jamás sentida en aquel patio trasero y parecía verla a la cara, convidándola y tentándola —sólo para ella—, nadie a la vista, a solas, sin testigos ni curiosos, ni parientes ni críticos ni inquisidores, y la solterona sintió vértigo

—La aventura de su vida o su gran cobardía —se reclamó.

Sonrosada, con las pupilas dilatadas a reventar y los labios resecos, sus sentidos percibían cada sonido y cada movimiento como chasquidos de alerta o de locura. Pensó en los ancianos, en sus tías, en su madrina, en las hermanas y en las gallinas francesas del segundo patio que ponían huevos de tierra porque no tenían gallo, pero, al girar su cabeza, a través del velo de lágrimas en sus ojos desorbitados percibió un movimiento lento que cometió aquella cosa al faltarle el peso de la sábana, girando en espiral hacia arriba sesentaicinco grados y de nuevo la matrona quedó lela…, turulata… y el ángel malo le gritó más fuerte…

Quizás pasó un segundo o un milenio pero después de tanta tribulación el falo seguía aún erguido, en posición de flirteo, arrogante, silvestre, lujuriante, como un reto de la naturaleza sobre la moral, y no podía esperar más. Había presenciado todo el espectáculo hincada en el suelo, de rodillas, con el peso de su cuerpo recostado hacia atrás yaciendo sentada sobre sus talones. Sintió que la química de su organismo era diferente que la de unos momentos antes y le brotaban olores y calores extraños, mientras una cálida rubicundez cubría su cuerpo dándole la seguridad de que la naturaleza le había dado su inapelable mandato.

—¡Adelante —dijo firmemente—, la suerte está echada!— Y no entendiendo más razones tomó la decisión de su vida: se relajó, se frotó las palmas de las manos sobre los muslos para secarles el sudor e inmediatamente, tensó todos sus sentidos para proceder a montarse en "aquello" y cabalgarlo contra viento y marea.

«Aunque se muera su extraño propietario» Pensó.

Al ponerse de pie se sintió terriblemente liviana y contenta. De manera decidida se subió la bata mañanera hasta la cintura y se arrancó de un tirón su sudado calzón celeste "*matapasiones*". No había marcha atrás, puso su rodilla izquierda sobre el catre, al par de la cadera del herido durmiente y giró hacia arriba su pierna derecha como montándose a un corcel hasta quedar a horcajadas. Cuando se sintió ubicada en el espacio sobre el monstruo perverso, justo en las coordenadas correctas, sexo a sexo, relajó los músculos de sus muslos y se deslizó lentamente, suave y fluido hacía abajo, insertándose y rompiendo con un ligero gemido su empaque biológico de nacimiento, hasta capturar totalmente con su cofre tan guardado aquel tesoro que se le había aparecido en el albor como la más grande revelación de su vida.

Después del comienzo la odisea continuó hasta el final. Al sentirse machihembrada y recia galopó en cámara lenta con pequeños saltos hasta el clímax, anclándose, pendulando, cerrando los ojos y dejando que pasaran los segundos las horas y toda su vida en aquel frenesí. Se mantuvo pivotando sobre el unicornio del dragón hasta que desbordó los límites conocidos y explotó en calores, en estrellas luminosas, en ayes y hasta el grito final, cayendo entonces toda ella en letargo al par del herido que se movía inquieto en el lecho improvisado del corredor, en medio de su fiebre, sin tener plena conciencia de si todavía estaba vivo.

Después de la tormenta la calma y lo último que pensó Lucrecia antes de yacer dormida fue una inmensa alegría, de que ya no había arrepentimiento. Comprendió perfectamente por qué Eva se había jugado el Paraíso, del porqué Cleopatra había perdido su reino y la pobre Sarah se había convertido en estatua de sal: por el placer de lo prohibido, reflexionó, y si era necesario, acompañaría a estas heroínas en su pecado porque ella también había disfrutado como nunca de su momento de debilidad erótica, de haber hecho lo que todo el mundo le negó y le alegraba infinitamente haber roto en aquel momento su bucólico pasado.

Perdió la noción del tiempo y nunca supo cuánto duró su jolgorio. Al despertar, revisó la hora en su reloj de pulsera y se sorprendió porque el reloj no funcionaba, se había parado a la misma hora en que diariamente llenaba de alpiste las jaulas de las periquitas australianas sin perico, tal como lo había hecho ese día antes de entrar en el patio posterior de la mansión. Como si el tiempo no hubiera ocurrido y todo había sido un sueño infinitesimal, del cual sólo quedaba la evidencia de un agradable hormigueo en su sexo otoñal. Experimentaba una encantadora calma, inusual en su conciencia, pero estaba contenta con su mácula y el hecho de haber perdido el candor. Se levantó sigilosamente para no perturbar al enfermo, se alisó la vestidura frotándola con la palma de las manos, se arregló hacia atrás el cabello con los dedos, recogió el calzón roto del suelo, jaló la sábana de seda para tapar al durmiente y se retiró apresuradamente hacía la casa, descalza, jubilosa, dejando al olvido en el patio posterior su apergaminado sello roto de garantía marital y las sandalias de cuero. Al llegar al comedor con el rostro radiante, pidió a las sirvientas su desayuno:

—¡Albricias! —Comentó al ambiente en viva voz— ¡Qué hambre tengo!

Cuando Lucrecia volvió al patio trasero unas horas después de su gozosa experiencia, bañada y compuesta como si no ocurriese nada, encontró al herido sentado en la cama, quien parecía muy recuperado pero poco espontáneo con su salvadora. El hombre le platicó algunas cosas mundanas mientras se preparaba y agradeció a Lucrecia por sus atenciones. Muy escuetos, sin mencionarse nunca ninguno de los dos sobre la insólita aventura matutina, ni de por qué éste había aparecido herido en el patio de la casa la tarde anterior. Fueron pocos minutos de careo pero ambos se percataron de que estaban unidos por un secreto, por un extraño vínculo que nació con los sucesos de esa insólita madrugada, una relación nada casual sino que predestinada por fuerzas sobrenaturales y se sentían plenamente comprometidos —como que si ambos se hubieran salvado la vida mutuamente— el uno al otro.

El momento crucial, de mayor júbilo para la anfitriona, fue cuando el visitante trepó al cerco de un solo brinco para marcharse por el mismo lugar por donde había aparecido la tarde anterior, y le dijo en voz baja:

—Espérame…, vuelvo en catorce días…, cuando se llene la luna —luego saltó al vacío y desapareció a media mañana, sin siquiera decirle su nombre.

Capítulo segundo: DESPUÉS DE LA VISITA

Los siguientes días fueron para Lucrecia un período de algarabía en el que se sentía y mostraba completamente nueva. Creía haber renacido y miraba los sucesos con alegría, realizando sus labores cotidianas con gran actividad y conformismo, como si ya hubiese sido dicha la última palabra, como si ya no quedara nada pendiente en la vida y como de que ya había ocurrido su quimérica luna de miel.

Lo sucedido aquella mañana con aquel advenedizo sin nombre había sido de gran fijación en los sentidos y sentimientos de la madura mujer. Recordaba minuciosamente todos los hechos con gran precisión, segundo a segundo, pensamiento por pensamiento, curva por curva, duda por duda, roce por roce, decisión por decisión, olor por olor, palabra por palabra y cada particularidad de la aventura la tenía grabada en el alma y en su libido, como placas de bronce para la eternidad. Sin embargo, había ciertas lagunas que tenían que analizarse, y no sobre lo que ya había sucedido, sino sobre otras cosas que podían ocurrir o que faltó que ocurrieran en aquella breve experiencia, o simplemente —a lo mejor— habría que tener una respuesta a las curiosidades normales que cualquier persona corriente se haría en su caso.

Para comenzar, parecía increíble que hasta el momento no sabía nada de la identidad de aquel sujeto que la había llevado a una relación tan íntima. No conocía ni siquiera su nombre y mucho menos el apellido. No sabía de su linaje ni sobre su origen. Desconocía de dónde llegó y hacía donde había partido. No tenía edad ni nacionalidad. ¿Era soltero?..., ¿quizá podía ser un hombre enfermo?..., ¿no sería un criminal?..., ¿subsistiría como profesional o simple ambulante?, ¿tal vez un demente?... Lo que sí percibía y de lo que estaba segura era que esa cara, ese cuerpo, ese sexo, ese olor y la forma en que trepaba los muros no lo hacían parecer un paisano común y corriente y que todas estas dudas las resolvería en su próxima cita lunar.

Como buena cristiana, observaba que lo correcto por el momento era ponerle un nombre a su caballero salvador para recordarlo y no podía ser Moisés, porque no lo había encontrado en una canasta de mimbre, sino que, como el visitante furtivo había caído del cielo como un ángel —pensó—, habría que ponerle un nombre algo así como Rafael, Gabriel o Miguel...

—¡Sí! —mencionó emocionada, Gabriel sonaba bonito, era un excelente nombre y así lo llamaría: "Gabriel".

Lucrecia no imaginaba cómo iba a cambiar su mundo ahora que vivía una nueva condición de mujer: ¿De cómo sería sus relaciones con las amistades? ¿Qué trato tendría con sus familiares? ¿La aceptación de su sociedad?... ni cómo serían sus intimidades con su flamante "serafín". Sentía que no tendría que esconderse de los demás ni hacerles gestos hipócritas porque no había espacio para remordimientos. Consideraba que aquella golosina había sido su propio descubrimiento y no se lo había quitado a nadie; lo encontró en su camino y se sentía autorizada desde el génesis para tomarlo y para apropiárselo. No se arrepentía por lo sucedido y si existiera algo malo en la insospechada aventura achacaba la culpa a sus personas queridas, que de forma egoísta no habían permitido que ella se realizara como mujer de una forma más convencional negándole el goce de sus derechos. El único que podía reclamar lo sucedido por la violación inconsulta, o evitar su continuidad, era él, Gabriel, y por la forma en que se había despedido y las vibraciones que se intercambiaron en el último momento sentía que no tenía nada que temer.

Ahora era como todas las mujeres que conocía de su misma generación. Como sus amigas, como sus hermanas y ex compañeras —de cara al sol— con el pecado original en la frente y la frente en alto, sin el estigma de castidad, sin el ridículo trato de "*niña Lucrecia*", como cualquier mujer mortal, sin su destino prefijado de virgen, sin su pedestal de castidad, sin creyentes ni adoradores. Por fin había cambiado su sino. Agradecía a la circunstancia y a su autodeterminación por haberse hecho realidad aquel sueño, interrumpiéndose su esclavitud sentimental ante su familia y ante los pastorales convencionalismos de su grupo social.

—Ahora ya me podrán dar el trato de "doña Lucrecia" — pensó picarescamente.

Sentía internamente que había sido más que oportuna y que había roto el hielo precisamente cuando su reloj biológico le comenzaba a marcar el alerta de que el tiempo se terminaba; que el calendario fisiológico tenía fechas y plazos fatales que habían que cumplirse, y lo que no se hacía a tiempo se perdía, para siempre y para nunca jamás. Que ya había transcurrido lo mejor del almanaque de su vida, satisfaciendo al espíritu y a la mente, y ya era hora de alimentar también el cuerpo, por lo tanto, haría cualquier pacto con su desconocido salvador para cumplir este propósito.

—Cualquier pacto —dijo decididamente— no importa su precio o las consecuencias.

—Sólo tendré que esperar a que se llene la luna —exclamó para sus adentros, y corrió a la tienda a comprar un Almanaque anaranjado que leyó y releyó y recitaba completamente, por el envés y el revés, aprendiéndoselo de memoria con sus lunas llenas, sus lunas nuevas y los cuartos menguantes y crecientes; con sus días de pesca, las mareas comunes, las mareas marcianas, fechas para castraciones, solsticios, efemérides, onomásticos, nombres de santos, perihelios y comerciales de tricóferos para el cabello de los caballeros. Luego puso el Almanaque sobre su mesa de noche, al par de su cama, como el libro más importante al alcance de su mano, sustituyendo otros textos de orillas doradas que permanecieron en aquel mismo lugar durante los últimos veintidós años.

Durante las próximas dos semanas asistió a sus reuniones sociales y de fe como de costumbre, haciéndose notar con sus acompañantes por el cambio suscitado al dejar de seguir vistiendo sus rutinarios vestidos de colores calvinistas, grises y serios, e introdujo a su ajuar de matrona un vestuario con diversas pequeñas variaciones intencionales, como ser el uso de pañuelos coloridos, medias transparentes en vez de las opacas brumosas, blusas renacentistas, zapatillas descubiertas, joyas, maquillaje, diademas y otros adornos ocasionales en su presentación. Asimismo, además de la variación en el vestuario ella misma irradiaba otra personalidad en los lugares que asistía. En la asamblea de Notables de la Junta de la Legión sintió que sus compañeras la observaban de forma inusual durante todo el tiempo que duró la sesión y, al retirarse al final, a pesar de la hora tardía, se enteró de que todas quedaron comentando y especulando sobre su nueva apariencia y actitud.

En la reunión de notables del Patronato Pro-Obras del Monseñor también atrajo la atención de los presentes y en especial de los varones, acarreándole el suceso algunas menciones celosas de las señoras presentes. Los asistentes de ambos sexos se arremolinaron alrededor de ella de forma insistente, curioseándola hipócritamente pero también amigable y más interesada que en ocasiones anteriores. Incluso, se sintió asediada por el chichisbeo y galantería de parte de dos caballeros que le pronunciaron durante toda la velada piropos conservadores a tono de su cambiante apariencia y atractiva esencia.

A los catorce días, en la esperada cita de luna llena, el visitante nocturno regresó al patio puntual y perfumado, y su presencia no fue únicamente en esa próxima fecha en que se llenó la luna sino que en todas las cuatrocientas noventaiuna lunas siguientes..., fueran llenas o nuevas. Cada catorce o quince días justos, durante los veinte años siguientes, el amante furtivo salto el muro y llegó a su encuentro a la misma hora: a las siete *Post Meridian*. Cuando el sol se perdía en el horizonte y comenzaba el reino de la luna, su figura gitanesca aparecía en el borde del muro del patio de atrás para cumplir puntualmente su compromiso romántico con Lucrecia la cuidapadres...

En esa primera cita, el extraño varón descendió del muro con un salto gatuno. Se veía achulado y olía a almendras. Al solo bajar tomó a la mujer entre sus brazos como si fueran viejos amantes y ésta se entregó sin titubeo. Luego el visitante la condujo a la vetusta cama que se encontraba en la penumbra y ahí continuaron sus devaneos durante toda la noche, bajo el polvo de las estrellas y el brillo del polen de la buganvilla color lila sembrada en el borde, y el pringue del rocío, y hasta las cinco de la madrugada cuando se vistió, peinó y se retiró despidiéndose con una sonrisa y la promesa de volver con la próxima luna, como le mencionó antes del canto de un gallo color bermejo de la vecindad.

Lucrecia quedó extasiada y exhausta por la forma en que su "arcángel" la atendió en ese primer encuentro, durante el cual ni siquiera tuvo oportunidad de pedir explicación a sus dudas existenciales sobre la identidad de su arcángel. Entonces prefirió no forzar cualquier situación inesperada hacía una relación más convencional que lo asustase.

—Total, somos dos amantes piratas y tenemos que ser diferentes —reflexionó para sí, y nunca le preguntó ni supo de su verdadero nombre u oficio y por su parte él jamás se lo mencionó, ni le preguntó el de ella, y como todo quedó sin una presentación formal desde el inicio del encuentro ella resolvió llamarlo Gabriel y él a ella nunca se supo. —Tal vez era mejor así… —concluyó decidida, y así lo llamó por todo el tiempo que se frecuentaron y por el resto de sus días que lo recordó.

Cada dos semanas ella lo esperaba emocionada. Siempre con un inmenso deseo, una sonrisa apacible y un calzón nuevo. Cada día de luna la solterona ponía de pretexto ante sus familiares y amistades que permanecería ocupada con un retiro espiritual, sin atender compromiso alguno con nadie y ni siquiera con sus padres. Se encerraba temprano en sus habitaciones y efectuaba el ritual de acicalarse y preparar su cuerpo y su ánimo como si fuera a asistir a un sacrificio de dioses paganos, en donde ella iba a ser la ofrenda. Tal como las consabidas vestales o las vírgenes del sol.

La preparación de su cuerpo para la luna de lujuria comprendía baños de esencias, dietas, filtros, enjuagues, afeites, cosméticos, ungüentos aromáticos, masajes, maquillaje, preparación del ajuar, depilaciones, bronceado, baños turcos, aderezos y hartos ejercicios de relajación y armonía espiritual. Al irse la tarde y comenzar el imperio de la luna, a las siete horas exactas, de manera puntualísima e inevitable, Lucrecia esperaba preparada en el catre del patio de atrás convertido ahora en su cámara nupcial, como su piedra de sacrificio, el sanctasanctórum, la llegada del amante lunático quien se quedaba con ella toda la noche durante diez románticas horas, continuas, intimas, azarosas, fogosas, hasta que los gallos de los patios vecinos cantaban y él se retiraba saltando el muro de vuelta, con una sonrisa de despedida y la promesa de volver de nuevo a su alcoba al aire libre cuando la luna volviera a crecer o a menguar.

Después de tantas nuevas emociones y múltiples sucesos que ocurrieron en las siguientes citas de lunas nuevas y lunas llenas, la vida de Lucrecia cambió de forma sorprendente. Su físico y espíritu se transformaron radicalmente. Era más guapa, más ligera, contorsionista y coqueta. El pelo le creció largo, lustroso y colorido. Su cuerpo perdió peso y se le pronunciaron otras curvas o nuevas formas de la pasión. En su suelto andar desbordaba energía y atracción, con una pizca de lisura que la hacía más sociable y encantadora para con sus parientes, compañeras y nuevas amistades.

Para su fragancia, dejó de usar las colonias y esencias de violeta o alhelíes de ultranza que compraba en las kermeses de la Legión y comenzó a untarse sutilmente con aguas y perfumes sugestivos, de aromas afrodisíacos y atrayentes que vendían en los bazares especializados en artículos de mujeres de mundo. Su ropa ya no emanaba a novicia de claustro sino que a néctares de madreselva y pachulíes franceses. Ya no venteaba tufo a incienso ni a velas de atrio, ni despedía olor a procesión, y con el nuevo contraste de olores descubrió que sus zonas eróticas transpiraban sudores con aromas naturales más animales, más almizcleros, y que ahora ella olía diferente y le había desvanecido aquel insistente olor a himen apergaminado que airaba su bragadura y que le importunaba tanto, y cuyos efluvios habían oprimido su existencia en los últimos lustros.

Desde el arcángel su anatomía femenina volvía a tener importancia, después de casi un tercio de siglo de abandono y desamor. En la intimidad de su alcoba y en el patio posterior, dejó de esconder la desnudez de su figura dentro de las largas batas y prendas interiores que siempre había vestido, con colores maristas, y comenzó a conocer su silueta y a apreciarla, a adornarla, mostrarla, usarla y mantenerla agradable. Había terminado su ayuno. Se cumplió su cuaresma y ahora comenzaba un tardío renacimiento que le prometía todas las posibilidades, todos los colores, las flores, el viento y las miradas de los demás. Empezó a usar las cremas y afeites antes despreciados sintiendo su piel más hidratada, brillosa, y las horas que antes hacía de oración, ahora las consumía retocándose y retorciéndose frente a un gran espejo de cristal, donde acondicionaba su acicalado pubis a sus multiformes y variadas pantaletas.

A la dama le gustó esta nueva y permanente sensación de atracción y simpatía. Advirtió que había encontrado algún rastro de vanidad en los recovecos de su apagada adolescencia, de su apachurrada pubertad y primera madurez, ya todas pasadas. Sintió que todavía le quedaban las últimas hilachas de flirteo y de veleidad y quería exprimirlas, y embarrarse en ellas hasta capturar la postrera sensación posible, antes que terminara el ocaso de su vida de mujer fogosa; antes de volverse vieja y anciana.

Capítulo tercero: GABRIEL EL ÁNGEL

Lucrecia había decidido conocer a Gabriel solamente dentro de la mutua intimidad formada en su cerrado universo —en su espacio y en su tiempo—, y en su cuerpo, y no haría ni permitiría ninguna pregunta que los llevara fuera de los límites de su patio trasero en la casona ni fuera de sus momentos de apareamiento en las noches de luna. Presentía que cualquier conocimiento o información sobre el amante que no proviniera de adentro de aquellas fronteras, los llevaría de hecho a una relación más mundana y se perdería el encanto del ensueño en que vivían. Ella estaba feliz de esa manera y Gabriel también, eso parecía y era lo que se decían, lo que sentían y constantemente repetían.

Su "amante gitano" la había sacado de aquella postración y soledad, por lo tanto, tenía que respetar el anonimato tal como lo aceptó aquella luminosa mañana de Navidad, cuando éste apareció en su santuario de castidad y estremeció lo más recóndito de aquella alma que languidecía en los estertores del desamor. Muchas veces su "arcángel" llegó magullado, con moretones, arañazos, torceduras, hematomas y hasta fracturas. Nunca supo si las lesiones fueron causados por accidentes o pleitos callejeros; o riñas maritales, o torturas políticas —todo podía ser—, pero nunca preguntó ni se vio tentada en hacer averiguaciones para respetar aquella privacidad acordada silenciosamente, como si tuvieran un pacto que les prohibía conocer sobre sus vidas comunes, para no contaminar aquellos pocos momentos idílicos con escenas rutinarias y paisajes tediosos de la vida diaria. No importa como él llegara, siempre lo atendía con su sonrisa, coqueteo y con el calzón de ocasión: beige, con mostacilla o con la figura de un osito *Teddy Bear*.

Nunca supo quién era ni qué hacía, ni a qué dedicaba su tiempo, ni conoció de sus amigos ni parientes, ni de alguna esposa o estirpe. Ni ideología ni religión. Ignoraba sobre sus pasatiempos y ni siquiera estaba al corriente de cuál era su oficio y lo que él hacía para vivir. Lo importante siempre fueron sus noches de intercambio amoroso y lujuria sigilosa, sin reclamos ni trivialidades y sin tener que enseñar ni ocultar nada a los demás.

El visitante llegaba sin un patrón único en su forma de presentarse. En sus múltiples visitas llegó calzado de barba, rapado, con arito pirata en el lóbulo, melenudo, con peinado formal, bohemio, engominado…, vestido de casimir, con overol de labrador, facha de plebeyo, miliciano, estudiante, …y de muy variadas formas de verse o parecer. Era normal que ella le sintiera los más diversos y extraños olores en su cuerpo y ropaje, olores que la incitaban a curiosear sobre su procedencia. Un día que se presentó aporreado sintió que apestaba a bartolina. Otras veces olía a felino, a perfumes baratos, a azufre, a tabaco, a ropa de segunda, a pólvora, a grasa de taller, a comida china, a asiento de taxi, a hierbas silvestres, a humo de tractor, a flor de jícara, a cal, a brandy, a leña y a los más variados olores que pudiera conocer e imaginarse, pero nunca se atrevió a preguntarle el porqué de los aromas si no era el olor el que los juntaba y en su vanidoso interior nunca quiso recibir una respuesta humilde y conocer por ella de cualquier verdad cotidiana sobre los olores de su "hidalgo".

—¿Por qué hueles a "grasa de camión"?— se imaginaba preguntándole, y le repugnaba la idea de que la respuesta de su "príncipe" fuera tan común como:

—¡Porque trabajo como ayudante en un taller de mecánica! —y esa simple realidad le hubiera arruinado la paradisíaca imagen del amante valentinesco que atesoraba, del quimérico macho cabrío que la poseía cada luna, del Serafín celestial, y por seguro que aquella sencillez hubiera derrumbado su mundo de fantasías, interrumpiéndose el odiseico romance al saber que había esperado tanto tiempo para venir a caer en un amor pecaminoso con un mortal y humilde obrero.

—¡No y no! —gritó con tono asustado—. Su amor era mitológico y donjuanesco, presumido y celestial —ella era la concubina de un "semidiós", y no de un chofer de taxi.

—Tal vez para mis hermanas y amigas —se decía altaneramente— ellas estaban bien para hacer pareja con el boticario o con el ingeniero, pero yo he escogido a mi "bandolero nocturno".

En alguna ocasión llegó vestido como Batman, el de las historietas cómicas, y otra noche equipado como centurión romano...

En sus diferentes visitas lunáticas, la ciudapadres percibía el estado de ánimo de su amante furtivo según la ductilidad, brillo, temperatura, movilidad y temporalidad de su sexo. Sentía en la fragancia de su cuerpo las vivencias cotidianas de su dueño: el olor al peligro, la tensión de las deudas, el aroma del miedo, la angustia de persecuciones, el tufo del desvelo, el temor, el desempleo y también percibía el efluvio de otros amores fallecidos y el bacará de otras pasiones. Sentía, presentía e imaginaba miles de aventuras que su "guerrero" protagonizaba fuera de los muros de aquella cámara nupcial, contentándose con figurarse que lo acompañaba y siempre estaba presente en la mente de Gabriel cuando éste realizaba sus epopeyas y romerías de caballero andante, tal como él le aseguraba, cuando elucubraban espejismos en sus noches de éxtasis y fantasía.

—Te llevo en mi memoria de forma indeleble —le repetía siempre—, en mi guante, tal como el oloroso pañuelo con que las damas comprometían a los caballeros armados cuando partían a combatir a los moros en las batallas medievales.

Durante todo el tiempo que duró la aventura con Gabriel, la mujer sintió que éste no envejeció y que lució siempre su cuerpo bruñido, delgado, musculoso y bronceado. El cuerpo de ella también se mantuvo turgente y atractivo. Ella entendía que la permanente lozanía que gozaban no era el producto de un pacto con el Maligno sino, más bien percibía que el milagro era producido por la química de su amor con Gabriel en plenilunio, por los baños de luz en luna llena que tomaban cada veintinueve días, cuando hacían el amor en el desván, a la intemperie, y compartía sus querencias con el amado, y la luna los espiaba iluminándolos y manteniéndoles jóvenes durante las dos décadas del idilio.

Los sucesos de las noches de luna habían también afectado la conducta esperada de Lucrecia, incrementado su rebeldía innata contra la agobiante cultura y costumbres de su medio familiar y social. En vista de su pacto de recato y anonimato con el visitante secreto y lo especialmente emocionante de sus noches de fantasía, permitió que aflorara en ella un fetichismo complementario muy privado con el que matizaría su relación y la mantendría ocupada todo el tiempo —que ella se explicaba a sí misma como un resabio de su pasión—, que consistía en una dedicación frenética para la organización de una colección de calzones exóticos, genuinos y libidinosos, con los que cuidaría y adornaría sus intimidades para esperar y atender al "heraldo de sus desvaríos".

Lucrecia mantenía listos, lavados y planchados, doblados, perfumados e inventariados un número exacto de trescientos-sesentaicinco calzones, de los más variados tipos y deleites que existían —uno para cada día del almanaque— como amuletos —no más y no menos que una braga por día del año.

Tenía blúmeres de cuero, de velo, polyester, estofa, cachemira, seda china, tricot, reciclables, gamuza, algodón, plástico, papiro, tul, sintéticos, lana, quilt, tisú, terciopelo, organdí, astracán y manta indígena. Los había de toda forma imaginable: completos, medianos, elásticos, cortos, bikinis, tangas, de pierna, calados, bordados y transparentes. Las prendas llevaban bolsillos, espejitos afganos, encaje minué, aplicaciones, peluches, blue jean, calzas, pantaletas, enaguas y calzas con botones, cordones y parches.

Como los atavíos tenían que ser atractivos a la imaginación y a los sentidos poseía calzones con olores a fresas, a esencias, a lavandas, azahares, chichimora, incienso, sándalo y hierbas aromáticas. Los había de todos colores, tonos y matices: rojos, fucsia, escarlatas, bermellón, coral, zapote, metálicos, colores pastel, tornasolados, púrpuras, añejados, reverberantes, acebrados, conchanácar y hasta unos fosforescentes para las noches de carnaval.

Poseía bragas con todo tipo de adornos: lentejuelas, enchapes, mostacilla, óleo, bordados, laqueados, con encajes, cañutillo, repujados, camuflados, aleopardados, plisados, piel de serpiente, flamboyanes, imitación caimán, escarlatas, y había uno de danzarina egipcia con hilos de oro kuwaití de 23 quilates. Con motivos y estampados de cantantes, de artistas, el agente 007, ratón Miguelito, los Beatles, Jaramillo, Hendrix y Gardel…; con recetas de cócteles, fichas de dominó, rótulos de aguas sodas, publicidad política, constelaciones, frescos de Rubens, poemas, floreados, geométricos, tridimensionales…; con la hoz y el martillo, osos panda, manatíes, jirafas, papagayos, clásicos de vehículos, el Che revolucionario, la cruz de hierro, grabaciones musicales, motivos ecológicos, la cruz de Lorena, macitos de flores y todo tipo de variedades. No faltaba un calzón con versículos del Kamasutra, y hasta uno de colección con el grabado del billete americano de cien dólares y la cara de Benjamín Franklin en el triángulo principal.

El tema de los calzones para la dama no era solamente una pasión loca e impulsiva por comprarlos, o para usarlos, mostrarlos y quitárselos con su "concubino astral", sino que también era igual de demente la rígida organización con que administraba estas prendas íntimas, la cual había sido reglamentada con exactitud en un código no escrito pero grabado pétreamente en la mente de ella, que seguía con rigurosidad revisando su cumplimiento con frecuencia diaria. Cada disposición que tomaba sobre este asunto de sus ropas íntimas era invariable y se cumplía —contra viento y marea— y eso la mantenía complacida.

—Cada prenda se usaría un sólo día y en su día. Únicamente una vez, solamente una vez y después de su uso se desecharía quemándolo —ordenó. La prenda debía de estar nueva, flamante y de estreno. Repetir su uso sería un desprestigio para la fatuidad erótica de la dueña, sería insalubre para su cuerpo, irreverente para la joya que la prenda guardaba y sería blasfemo para el "ser mitológico" que las presenciaba.

Al comprar cada blúmer o recibirlo de los almacenes especializados, Lucrecia efectuaba una completa ceremonia. Los lavaba en secreto con agua hervida y reposada, sumergiendo en la vasija pétalos de la flor de ocasión y derramándoles tres gotas de "limón indio". Luego los enjuagaba dejándolos serenando en agua de lluvia, con una pizca de sal sin yodo, para colgarlos a secar al día siguiente con el tibio sol y el chiflón impoluto de seis a nueve de la mañana, en un tendedero con cuerdas de seda y bajo un eucalipto *silver dollar* que se encontraba sembrado en el patio de atrás. Luego del tendedero, los calzones eran doblados de forma artística y geométrica, tal como ella había aprendido en los cursos de origami imperial, terminando el detalle en un pequeño bulto plano y rectangular, de veinte por quince centímetros, doblado de modo que el triángulo frontal inferior del calzón, o monte de Venus, la parte toral de la pieza de ropa, se viera impecable y nunca tuviera una arruga.

Cada una de sus prendas de ropa íntima tenía su significado o asociación y correspondía a una ocasión específica, debiendo usarse o lucirse en la fecha respectiva y para lo cual, para que no hubiera confusión alguna en esta secuencia, Lucrecia diseñó y mandó a construir un mueble especial para organizar y guardar su colección de calzones. El mueble consistía en un gavetero tipo cómoda, de cedro espino para protegerse de la polilla, al estilo victoriano y color vino tinto, con doce gavetas planas distribuidas seis a cada lado, que correspondían a los meses del año. Cada gaveta era dividida en 28, 30 o 31 espacios o casillas según los días del mes correspondiente y, en cada uno de estos espacios era adonde ella colocaba sus variadas trescientossesentaicinco bragas para ser usadas una cada día del año. También tenía un librero con literatura y artículos accesorios sobre ropa interior femenina: enciclopedias de su historia, catálogos, direcciones de diseñadores, inscripciones y correspondencia con tiendas especializadas, pasarelas, muestras, ofertas, afiches y la publicidad de sus fabricantes.

La aberrante organización de las ropas interiores llegó a tal perfección temática que cada prenda correspondía o simbolizaba, por sus características, con la ocasión de la fecha en que sería usada. Había calzones morados para la cuaresma, blancos con encajes para las bodas, amarillos para el año nuevo, grabados con números para los cumpleaños, brillantes para las noches de luna nueva, con figuras del horóscopo para los días de cambio de signo, verde olivo para el día del soldado desconocido, con lunares verdes para el carnaval de abril, con mariposas para el solsticio de verano y uno amarillo con un arco iris frontal para el próximo día de cambio de milenio.

Por un error de cálculo del carpintero ebanista que construyó el mueble, no quedó espacio para la casilla número veintinueve correspondiente al calzón del último día del mes de febrero de los años bisiestos. Lo anterior obligó a Lucrecia, y le permitió su gusto, de que una vez cada cuatro años la cuidapadres no tuviera prenda que ponerse y, por lo tanto, ese día no usaba calzón; ocasión que disfrutó como una aventura, considerándola interiormente como un genuino acercamiento a los elementos y una verdadera sensación de disposición inmediata a los mandatos de la vida.

Capítulo cuarto: EL FINAL

Al cumplirse la cuatrocientosnoventiuna luna de sus encuentros Lucrecia realizó el acostumbrado ritual de preparación para su inmediata cita nocturna con su "Príncipe Encantado". Ese día había recibido de la *"Barns and Rue"*, de Liverpool, un precioso calzón de seda que mostraba un crucigrama en inglés estampado en el triángulo principal delantero, con los listados de preguntas horizontales y verticales en las partes que cubrían ambas nalgas. Según el folleto de instrucciones, esta peculiar prenda era diseñada para ser disfrutada por amantes intelectuales, recomendándose llenar el crucigrama con la prenda puesta, o sea, se leía la pregunta y se daba vuelta al cuerpo de frente para escribirla en su respectivo casillero, y así sucesivamente hasta completarlo. Aunque Lucrecia no sabía si su "príncipe valiente" era alfabeto o no, o si sabía inglés o no, ella pensaba estrenar su calzón crucigrama durante aquella noche de luna llena, en la víspera del día de San Valentín del Monte, santo patrono de los amores furtivos, cuyo onomástico caía precisamente en la misma noche de luna llena que ayudó a iluminar la mano de Shakespeare cuando escribió el final de Romeo y Julieta.

Esa noche como siempre, se sentó a la espera cinco minutos antes de las siete. Se hallaba emocionada y llena de ansiedad, tal como invariablemente le ocurría cada dos semanas desde hacía dos décadas, siempre fulgurante y bien vestida, olorosa, con calzón nuevo y deseosa de tener mil nuevas aventuras con su "Romeo bohemio". A las siete en punto, la figura de Gabriel apareció sobre la tapia con la luna de fondo y, en vez de saltar gatunamente al piso como era su costumbre, se tambaleo y cayó bruscamente con todo su cuerpo quedando tendido sobre el adoquín. Lucrecia se acercó temerosa y vio a su ángel en el suelo con tres heridas profundas en su pecho. El herido se levantó con dificultad, se puso erguido y la invitó sonriente a que se acomodaran en la olorosa cama primorosamente preparada.

Gabriel la saludó con un beso mientras ella trataba de mantenerse ecuánime, como si nada extraño ocurriese, como de que también podía ignorar aquellas heridas mortales así como otras veces había ignorado diversos machucones, tal como durante cuatro lustros había disipado otros olores y dolores y así como había pasado por alto otras miles de señales superficiales de la vida cotidiana de "amante aventurero".

Una vez en el catre, cuando ya había pasado la desagradable impresión de la llegada, sin comentar ninguno de los dos sobre las heridas, y luego de una limpieza y curación superficial, iniciaron su usual galanteo y disfrutaron de la coquetería bilingüe de los calzones ingleses con crucigrama y hasta que ya no supieron las palabras para completar los casilleros fue que Gabriel se los despojó y vivieron su noche de romance y amor bajo la luna como de costumbre y hasta al final cuando el amante se murió…, a las cinco de la madrugada…, con una sonrisa en la boca y la frente perlada de rocío, minutos antes que el sol amaneciera y el viejo gallo bermejo cantara.

En ese mismo amanecer Lucrecia limpió con alcanfor el cuerpo de su fallecido varón y lo envolvió con el albornoz de seda que ella llevaba la noche anterior. Muy temprano, se vistió regularmente usando un calzón hecho a imitación del que vistió la reina María Antonieta cuando la llevaron a la guillotina en la plaza de El Temple, confeccionado para co-leccionistas republicanos y fabricado de seda filipina, color perla, adornado en su parte trasera con siete líneas de encajes de Brujas, blancos, de punto fino con orilla carmesí, y en su parte delantera la heráldica Flor de Lis bordada en dorado y atravesada diagonalmente con franjas de terciopelo color rosa viejo, y que según cuentan pensó lucir la desdichada Reina an-te el vulgo jacobino, para mostrarlo a la canalla al agacharse y poner su cuello a disposición de la afilada hoja, y que Lucrecia tenía preparado para usar el día de la Bastilla.

Se dirigió al patio de atrás interrumpiendo a las gallinas sin gallo cuando se revolcaban excitadas en la tierra y colocó el cuerpo de Gabriel en el espacio posterior de la camioneta de la familia, cubriéndolo con una vieja cubrecama. Acto seguido se condujo hacia afuera de la ciudad buscando un camino poco transitado en uno de los tantos bosques de coníferas existentes en los suburbios. Al encontrar un paraje con el desnivel apro-piado y la suficiente soledad, atravesó el carro en el camino dejando la parte trasera extrema sobre el abismo. Se bajó del vehículo con toda decisión, abrió la portezuela posterior y des-lizó el cuerpo de su "amante bandido" sobre el piso de la ca-mioneta hasta que éste se precipitó al vacío con todo y camera bordada. Escuchó el cuerpo dar tumbos al caer hasta que llegó al fondo y terminaron de rodar los guijarros y hojas que éste arrastró consigo en su descenso. Abrió sus ojos y observó el bulto allá en el fondo del barranco y, aunque estaba muerto y sucio, el manto había descubierto su cara y su arcángel Gabriel esbozaba una picaresca sonrisa en la boca y mostraba un bulto prominente en medio de sus piernas…

—Nuestro último adiós —pensó…

—Y su última jugada picaresca… —imaginó, al percibir a través de las lágrimas que inundaron sus ojos que a la vera del camino, adonde había botado el cadáver de su "amor pagano", había sido colocada una cruz de madera adornada con flecos de papelillo de colores, de aquellas cruces que los campeños del lugar ponían para celebrar el cambio de estación y solicitar a sus dioses la llegada de las lluvias y la abundancia de las cosechas, cruz que serviría a su amado amante como panteón.

Cuando Lucrecia regresó del bizarro funeral a su casa, se dirigió directamente hacía el mueble de los calzones, lo vació completamente y los incineró todos junto con el catre y la sábana de seda, en una hoguera que encendió en el anafre del patio de atrás, ahí, en aquel vergel donde había dejado lo mejor de su vida, adonde renegó de su candor, para que el humo de los calzones purificara el aura de aquel jardín florido donde sus pasiones y sus encantos vagaban en el ambiente. Al sentir el olor del humo, perfumado de múltiples esencias, la cuidapadres lamentó el final de su obsesión por aquellas prendas tan queridas, que durante su pasión habían llenado su rutina existencial, tanteando que durante sus amoríos con Gabriel había usado hasta siete mil trescientos calzones en sus desvaríos. El mueble vacío lo utilizó para guardar sus múltiples folletos y libros religiosos, novenas, catecismo, cánticos y estampas, que sus parientes y amigos, le habían estado regalando regularmente durante todos estos años y que almacenaba en alguna esquina de la casa.

Se encerró en su alcoba a prepararse para las actividades del día. Buscó su ropa oscura y circunspecta para vestirse, sus medias opacas con calzado cerrado y un calzón completo, de color celeste, de los comprados por docenas en el bazar de la Calle del Comercio, y se vistió para sus compromisos de la mañana. Se sentía cansada y vacía. Cuando se vio al espejo de cristal para acomodarse la chalina notó en su rostro algunas arrugas y pequeños lunares que habían aparecido alrededor de sus ojos esa misma mañana, y un pelo macho se veía entre sus cejas…, como si empezara a envejecer, a pesar de su reciente baño de plenilunio de la noche anterior. Por su ritual vikingo de cremación de las bragas del recuerdo, Lucrecia arribó un poco tarde a la ceremonia de su reunión semanal de purificación que realizaban las Hermanas de la Legión. Entró al salón por la puerta posterior y se deslizó entre las bancas, hasta encontrar un espacio vacío entre dos amigas de antaño quienes le indicaron la numeración del cántico que en aquel momento todas entonaban. Luego de unos minutos sintió que su angustia disminuía y comenzó a cantar los himnos, en armonía con el coro general, llenándose de conformidad por estar ahí cantando, orando, reconfirmando sus votos maristas y en compañía de sus amigas de siempre, varias de ellas cuidapadres. Pronto se percató que la vida continuaba y que a partir de la última luna llena de la noche anterior su vida cambiaría de nuevo, y volvería al quehacer esperado para ella por todos sus seres queridos, labor que haría de mil amores gracias a que había llenado sus vacíos y desvelos en los últimos veinte años de noches de luna con su "amor secreto". Llena de gozo, ahora prometía clausurar su sexo para toda la eternidad y, en ese mismo momento, al son de los aleluyas femeninos, hizo un solemne juramento de fidelidad para con sus padres, para con su familia, y para con su "ángel" ya muerto. Y para con las periquitas canadienses y las gallinas sin gallo de la casona.

ÍNDICE

Editorial LibrosEnRed

LibrosEnRed es la Editorial Digital más completa en idioma español. Desde junio de 2000 trabajamos en la edición y venta de libros digitales e impresos bajo demanda.

Nuestra misión es facilitar a todos los autores la edición de sus obras y ofrecer a los lectores acceso rápido y económico a libros de todo tipo.

Editamos novelas, cuentos, poesías, tesis, investigaciones, manuales, monografías y toda variedad de contenidos. Brindamos la posibilidad de comercializar las obras desde Internet para millones de potenciales lectores. De este modo, intentamos fortalecer la difusión de los autores que escriben en español.

Ingrese a www.librosenred.com y conozca nuestro catálogo, compuesto por cientos de títulos clásicos y de autores contemporáneos.

www.ingramcontent.com/pod-product-compliance
Lightning Source LLC
Chambersburg PA
CBHW030334020726
47493CB00004B/1268